CACHE-CACHE MORTEL

L'édition originale de ce titre a été publiée pour la première fois sous le titre
The Hiddenseek aux États-Unis aux éditions G.P. Putnam's Sons Books for Young Readers.

24-32 rue des Amandiers, 75020 Paris

Mise en pages : Nord Compo
Correction : Catherine Rigal, Karine Afchain
Illustration de couverture : Germain Barthélémy

Loi n° 49-956 du 16 juillet 1949 sur les publications destinées à la jeunesse,
modifiée par la loi n° 2011-525 du 17 mai 2011.
Dépôt légal : octobre 2022 – Imprimé en Serbie. Printed in Serbia.

Produit conçu et fabriqué sous système de management
de la qualité certifié AFAQ ISO 9001.

FSC
www.fsc.org
MIXTE
Papier | Pour une gestion forestière responsable
FSC® C084698

Nate Cernosek

Cache-cache mortel

Traduit de l'anglais par Fabienne Vidallet

AUZOU

1

Le soleil sombrait vers l'horizon, bas dans le ciel. Une brise légère agitait les arbres et les balançoires vides. Leurs chaînes cliquetaient, frémissantes. La toile d'araignée était vide, tout comme les barres de singe, le tape-cul et les toboggans… Le parc était désert.

Ou presque.

Une fille était encore là. Une fille qui avait été oubliée.

Elle s'appelait Holly Thorn et elle jouait à cache-cache.

Elle était accroupie dans un petit tunnel. C'était une bonne cachette : elle aurait été difficile à trouver, et encore plus à attraper.

Enfin, si quelqu'un avait pris la peine de regarder.

Holly rabattit les jambes, les pieds appuyés sur la paroi en plastique bleu du tunnel. Elle fronça les sourcils, croisa les bras et essaya d'empêcher sa lèvre inférieure de trembler.

Elle aurait dû s'en douter. Personne ne voulait jouer avec elle. *Jamais*. Mais aujourd'hui, sans qu'elle s'y attende le moins du monde, les autres enfants l'avaient invitée à faire un cache-cache. Owen Orlofsky, qui s'essuyait toujours le nez sur sa manche. Karen Graham, qui cillait toujours très lentement parce que tout le monde la complimentait sur ses longs cils. Zoe Zamarripa, la plus grande de la classe, qui mettait les mains sur ses hanches tel un sergent. Ils souriaient et pouffaient en échangeant des regards entendus.

À bien y repenser, c'était évident. Aucun de ces gamins ne l'avait jamais aimée.

Mais Hector était avec eux. Hector, son frère cadet, qui avait un an de moins qu'elle.

Savait-il ce que les autres complotaient ?

Et maintenant il n'y avait plus personne, ils l'avaient laissée seule dans le parc. C'était un piège : ils n'avaient jamais eu envie de jouer avec elle. Ils voulaient juste se moquer de l'intello sans amis.

Ça n'avait pas toujours été comme ça, elle avait des copains, avant. Du moins, c'était ce qu'il lui semblait. Ses souvenirs étaient flous et s'apparentaient davantage à un ressenti – d'autres enfants autour d'elle, pendant la récré et aux goûters d'anniversaire. Et Hector et elle, inséparables. Mais tout ça, c'était il y a longtemps…

Le vent forcit, s'engouffra en sifflant dans le tunnel et balaya ses joues baignées de larmes. Elle sortit en rampant et se rendit aussitôt compte de quelque chose d'étrange.

Malgré le vent, les arbres ne bougeaient plus. Les feuilles qui jonchaient le sol non plus. Même l'herbe était immobile.

Une brume vaporeuse se répandait, recouvrant le parc d'une nappe de brouillard.

Une silhouette en émergea alors. C'était un homme dont le visage était dissimulé par une chevelure filasse, brune et emmêlée. Ses vêtements étaient poussiéreux et rapiécés, pareils à ceux d'un paysan qui aurait vécu il y a des centaines d'années. Il se dirigeait lentement vers Holly sans la quitter des yeux.

Cette dernière se figea.

L'homme s'approcha et prit la parole d'une voix bourrue et rauque.

— Holly Thorne, annonça-t-il.

Comment connaît-il mon nom ? s'étonna la fille, trop choquée et effrayée pour répondre.

— Tu t'es cachée, poursuivit l'homme. Mais personne ne t'a trouvée. Tu pensais jouer à un jeu sans conséquence. (Il fit un pas en avant et sa voix prit un ton bas et menaçant.) Tu avais *tort.*

Elle ne comprenait pas ce qu'il voulait dire. Elle savait juste qu'il était en train de se passer quelque chose d'étrange – étrange et terrible – et que rien ne serait plus jamais comme avant.

2

Holly fit ce que toute personne sensée ferait en voyant surgir un homme inquiétant aux cheveux broussailleux vêtu de haillons et racontant n'importe quoi dans un parc.

Elle prit ses jambes à son cou.

Sa maison se trouvait juste en face du square. Elle courut dans sa direction le plus vite possible, en hurlant.

— Au secours !

Elle jeta un coup d'œil par-dessus son épaule pour vérifier si l'inconnu la suivait, mais la rue était déserte. Pas âme qui vive, pas de voitures. Même les oiseaux étaient silencieux.

Sa maison en briques rouges se dressait au coin de la rue. Holly remonta l'allée à toute allure vers le portail en fer rouillé qui séparait la maison et le garage. Elle l'ouvrit à la volée et traversa le jardin en courant pour gagner la porte arrière. Elle entra chez elle, claqua le battant et le verrouilla.

Elle aurait dû se sentir en sécurité, sauf que non.

De quoi pouvait bien parler l'homme ? D'où venait-il ? *Comment connaît-il mon nom ?* Elle essuya la sueur qui maculait son front et se rendit compte que ses mains tremblaient.

— PAPAAAAA ! appela-t-elle d'une voix brisée par la panique.

Son père était censé être là : il ne sortait guère, ces derniers temps. *Depuis que maman…* Holly secoua la tête. Ce n'était pas le moment de penser à ça.

Elle gagna en courant le bureau de son père. La porte était fermée, ce qui signifiait qu'il ne voulait pas être dérangé. Elle fit quand même tourner la poignée, poussa le battant d'un coup d'épaule et se rua dans la pièce.

Comme d'habitude, son père était assis à son bureau, penché sur son ordinateur. Il était grand et mince, encore plus depuis un mois. Ses bras, jadis bronzés et couverts de taches de rousseur à cause du soleil, étaient devenus pâles. Il était submergé par des amas de dossiers et de documents qui encombraient son bureau, s'élevaient le long des murs et entouraient même sa chaise. Il s'était littéralement emmuré dans son travail.

Il ne leva pas les yeux lorsqu'Holly déboula dans la pièce.

— Papa ! s'écria-t-elle depuis le seuil, le cœur battant à tout rompre. Papa, il s'est passé quelque chose ! Il y avait un homme ! PAPA !

Il ne répondit pas. Ses yeux restaient rivés sur l'écran de son ordinateur tandis qu'il tapait sur son clavier du bout de l'index uniquement, avec une lenteur étrange et résolue.

Holly savait qu'il s'oubliait parfois dans son travail, mais là, c'était ridicule. Ne se rendait-il pas compte qu'elle était bouleversée ? Elle avança vivement vers lui, renversant quelques dossiers au passage.

— Papa, écoute, supplia-t-elle. Je t'en prie, c'est sérieux.

Elle le tira par le bras, mais il ne broncha pas. Elle avait l'impression de secouer une statue.

— PAPA ! hurla-t-elle tout près de son oreille.

Il ne réagit pas. Penché sur son ordinateur, il continua à travailler, indifférent à sa présence. Elle posa les mains sur ses joues, comme quand elle était petite. Le chaume de sa barbe lui piqua le bout des doigts. Il ne s'était pas rasé.

— Papa, s'il te plaît, arrête de m'ignorer !

— Il ne peut pas t'entendre, fit une voix dans son dos.

Holly pivota. C'était l'homme du parc. Il était là.

Dans sa maison.

Il se tenait sur le seuil de la pièce. Il était très grand et ses prunelles sombres et orageuses, de la couleur de l'ambre fossilisé, la dévisageaient froidement. Son visage était bronzé et tanné, et une énorme moustache broussailleuse dissimulait sa bouche. Il était couvert de poussière – son nez en était maculé, de même que ses vêtements et ses ongles.

Holly poussa un hurlement. Elle agrippa de nouveau le bras de son père.

— *C'est lui !* cria-t-elle en le secouant de toutes ses forces.

— Je viens de te l'expliquer, déclara l'homme en avançant d'un pas. (Il fit un petit bruit avec la langue.) Il ne peut pas t'entendre. Ni te voir. Il ne se rend même pas compte que tu es là.

Il agita la main de haut en bas devant le visage de son père. Ce dernier ne réagit pas.

— Tu vois ?

— PAPA ! hurla de nouveau Holly.

L'étranger haussa les sourcils et écarquilla les yeux.

— Il ne se souvient même pas que tu *existes*.

Elle scruta le visage de son père à la recherche d'un signe, même le plus petit, indiquant qu'il avait conscience de ce qui se produisait autour de lui. En vain.

— Que se passe-t-il ? finit par demander Holly, en reculant pour mettre de la distance entre elle et l'homme qui était entré dans sa maison par effraction. Qui êtes-vous ?

— Je m'appelle Oliver. (Il s'agenouilla pour se mettre à la hauteur d'Holly.) Deux possibilités s'offrent à toi. Rester ici et demeurer invisible à jamais, oubliée pour l'éternité. Ou venir avec moi.

Oliver attendit sa réponse. Son regard était intense et triste, et il exhalait une étrange odeur de terre.

Holly n'avait qu'une envie : fuir en courant, le plus loin possible de lui. Il y avait tant de choses qu'elle ne comprenait pas. Comment cet homme était-il parvenu à pénétrer chez elle ? Qu'y faisait-il ? Pourquoi son père ne pouvait-il pas la voir ? Pourquoi ne se rendait-il pas compte qu'elle le tirait par le bras ? Pourquoi ne l'entendait-il pas crier ?

Mais dans sa confusion et sa panique il y avait tout de même une chose dont elle était certaine. C'était la plus simple des leçons, celle qu'on lui avait rabâchée mille fois – ne jamais, *jamais*, suivre un inconnu. Et cet homme en était un.

— Non, rétorqua Holly. Il est hors de question que je vous suive.

— Tu préfères rester ici ? demanda Oliver.

— Oui. Oui, je veux rester ici.

L'homme se redressa.

— Mauvaise idée, affirma-t-il en secouant la tête. Crois-moi, tu n'as aucune envie de rester ici. Tous ceux que tu connais te croiseront sans te voir. Ils ne remarqueront jamais tes larmes. N'entendront jamais tes appels à l'aide. Tu seras coincée ici, impuissante, et tu verras les gens que tu aimes vivre leur vie comme si tu n'existais pas. Non, crois-moi, tu n'as aucune envie de ça. Tu veux y retourner.

— Y retourner ? répéta Holly. Retourner où ?

— Retourner à ta vie d'*avant.* (Il baissa la voix, l'air triste.) Je comprends : tu veux rester avec ta famille. Mais il n'y a qu'une façon d'y parvenir.

Oliver se pencha vers elle, la main tendue pour l'inviter à le suivre.

Elle contempla cette main à la paume maculée de terre et de crasse. Tout ça était absurde. Ce que cet homme disait n'avait aucun sens. Holly mit les mains derrière le dos. Elle tourna la tête et regarda ailleurs.

Elle n'irait nulle part.

3

— Humpf, fit Oliver. (Il se frappa les genoux du plat de la main et se redressa.) Comme tu voudras.

L'homme fronça les sourcils d'un air à la fois déçu et méprisant. Il repoussa Holly et la dépassa, traversant le bureau en direction de la porte, les épaules voûtées et la tête baissée.

Parfaitement immobile, elle entendit ses pas s'éloigner dans le couloir, bientôt suivis par le bruit de la porte d'entrée qui s'ouvrait et se refermait.

Était-il vraiment parti ? Comme ça ? Était-il possible que le cauchemar soit terminé ?

Elle se tourna de nouveau vers son père.

— Papa…, murmura-t-elle dans une dernière tentative.

Mais encore une fois, seul le silence lui répondit.

Son père ne pouvait pas l'aider.

Et Hector ? Où était-il ? Devait-elle se mettre à sa recherche ?

Elle se rappela alors la tête qu'il faisait dans le parc. Son sourire au milieu des autres enfants. Son air excité. Elle en comprenait la raison à présent.

Il savait ce qu'ils préparaient. Elle en était *sûre.*

Non, se dit-elle. Son frère ne l'aiderait pas, qu'elle le trouve ou pas. Il fallait qu'elle se débrouille toute seule.

Elle quitta le bureau et jeta un coup d'œil dans le couloir. L'homme, Oliver, avait disparu.

Mais quelque chose clochait. Quelque chose qu'Holly n'avait pas remarqué quand elle avait traversé la maison en courant un peu plus tôt. Le couloir avait l'air *différent.* C'était impossible, pourtant il était *plus long.*

Elle l'avait arpenté à d'innombrables reprises et elle connaissait la maison comme sa poche. La chambre de ses parents tout au bout, la porte fermée, comme d'habitude. La sienne et celle d'Hector étaient à gauche. Une salle de bains et le bureau de son père, à droite.

Sauf que maintenant, il y avait une porte supplémentaire. Une nouvelle pièce qu'elle n'avait jamais vue, dont la porte était fermée.

Elle se dirigea vers cette étrange porte sortie de nulle part et elle était sur le point de l'ouvrir quand elle entendit un bruit de cartons qu'on déplace dans la chambre de ses parents. Sa mère était debout.

Elle pourrait m'aider, songea Holly. *Peut-être qu'elle reprendra ses esprits.* Elle savait que c'était peu probable. Sa mère n'était plus la même depuis quelque temps… Mais le besoin de la voir, de courir à elle, était trop puissant.

Holly se précipita vers la chambre et y entra brusquement.

La pièce était plongée dans l'obscurité : les rideaux étaient tirés et un peu de lumière du dehors se faufilait sur les côtés. La chambre donnait l'impression d'avoir été mise à sac, mais ce n'était pas inhabituel ces temps-ci. Les tiroirs de la commode étaient grands ouverts et les vêtements éparpillés sur le sol.

Sa mère fouillait dans le dressing à quatre pattes. Holly l'entendait déplacer des boîtes et écarter des cintres.

Elle portait un pantalon de survêtement et un tee-shirt. Durant le mois qui venait de s'écouler, sa fille l'avait rarement vue habillée autrement. Sa peau – d'ordinaire de la même teinte mate que celle d'Holly et d'Hector – était sèche et cireuse. Ses cheveux sombres étaient rassemblés en une tresse désordonnée et défaite. Holly porta instinctivement la main à sa propre natte – elles se coiffaient de la même manière depuis des années.

— Maman ? lança Holly.

Même si elle l'entendait, elle ne lui répondrait pas. Elle était perdue dans son monde depuis des semaines. Quand elle ne dormait pas, elle cherchait. Démolissait la maison pièce par pièce.

« Il me manque quelque chose, affirmait-elle. J'en suis sûre, il me manque quelque chose. » Elle ne disait rien d'autre.

Mais sa mère ne trouvait jamais rien. Alors elle continuait à chercher.

Son père l'avait emmenée consulter des tas de médecins. Ça n'avait pas marché. Les membres de la famille et les voisins y étaient alors allés de leurs conseils : « Tu as essayé la musique ? La méditation ? Est-ce qu'elle prend des vitamines ?… »

Mrs Murphy, leur plus proche voisine, leur avait raconté qu'il était arrivé la même chose à sa cousine des années plus tôt. Elle avait même trouvé un nom pour cette maladie : « la Perte ». « C'est ça, ce qui lui arrive, avait-elle affirmé en caressant son chat. C'est la malédiction de la ville. Ça arrive aux habitants de Covenant depuis longtemps, ça date d'avant la naissance de ma grand-mère. »

Son père l'avait remerciée mais avait assuré à Holly en partant que leur voisine était juste superstitieuse.

— Maman, répéta Holly. (Elle s'approcha et lui toucha l'épaule. Comme avec son père, il n'y eut pas de réaction.) S'il te plaît, maman, insista-t-elle en s'agrippant au tee-shirt de sa mère. J'ai besoin de toi. J'ai besoin de toi *maintenant*.

Rien.

Holly entendit une porte grincer dans le couloir. Son père émergea de son bureau. Il avait l'air fatigué. Il s'arrêta devant le portrait de famille accroché au mur, bâilla, se gratta la tête puis s'éloigna. Elle le suivit alors qu'il remontait le couloir, traversait le salon et gagnait la cuisine.

Il sortit du placard des ingrédients pour préparer le dîner. Des spaghettis. Encore.

Soudain, il s'immobilisa. Il posa sa main sur sa tête et la frotta, l'air perdu. S'agenouillant devant un placard, il se mit à le fouiller, entrechoquant les casseroles et les poêles. Il s'y enfonça plus profondément : seule la partie inférieure de son corps était visible. Il donnait l'impression de chercher quelque chose qu'il ne parvenait pas à trouver…

Exactement comme sa mère.

— Tu ne peux rien pour moi, constata Holly en fronçant les sourcils. N'est-ce pas, papa ?

Aucune réponse ne lui parvint.

L'homme étrange, Oliver, avait raison. Ses parents ne pouvaient pas la voir. Ni l'entendre.

Holly jeta un dernier coup d'œil dans le couloir en direction de sa mère. Elle sentit les larmes lui monter aux yeux et les frotta. Non, pas question de pleurer.

Elle tourna les talons et quitta la cuisine. Il n'y avait qu'une seule personne qui puisse l'aider à présent.

4

Holly ouvrit la porte d'entrée et hésita, debout sur le seuil de sa maison. Les faibles bruits que faisait son père dans la cuisine lui parvenaient de l'intérieur.

Oliver l'attendait dehors.

Il se tenait sur le trottoir juste devant chez elle. À côté de lui, dans la rue, elle vit deux énormes animaux de ferme à cornes au poil hirsute. *Certainement des bœufs*, songea-t-elle. Ils étaient attelés à une simple carriole : deux gigantesques roues et une plate-forme de bois, sur laquelle asseoir ou transporter des choses, supposa-t-elle.

Des enfants terrifiés, par exemple.

Oliver était adossé à la carriole, les bras croisés. Lorsqu'il aperçut Holly, il fronça les sourcils d'un air sévère et hocha la tête.

— Tu as changé d'avis.

Ce n'était pas une question.

— Oui, répondit Holly en hochant la tête à son tour.

Elle ferma la porte derrière elle et descendit l'allée qui menait à Oliver et ses bœufs. Elle comprit soudain pourquoi l'homme sentait aussi fort : les bêtes puaient. Oliver les tapota gentiment ; elles ne réagirent pas.

— Tu es prête ? demanda-t-il en lui faisant signe de grimper dans le chariot.

De près, ce dernier donnait l'impression d'être sur le point de se briser en morceaux.

Holly se mordit la lèvre. Il fallait qu'elle se ressaisisse. Tant pis si Oliver avait l'air bizarre et s'il conduisait une carriole tirée par des bœufs. Elle devait arranger les choses, et lui seul savait comment faire. Il fallait qu'elle arrête de paniquer et qu'elle garde la tête froide. Elle devait *réfléchir*.

— J'ai une question. Vous avez dit qu'il y avait un moyen de revenir en arrière. Comment ? Qu'est-ce que je dois faire ?

Oliver baissa les yeux vers elle : ses prunelles marron étaient aussi féroces que ses cheveux en bataille.

— Jouer, répondit-il.

— Jouer ? répéta Holly. Jouer à quoi ?

— Au jeu.

— Ce n'est pas très précis, rétorqua-t-elle spontanément.

Elle avait parfois la désagréable habitude de dire ce qu'elle pensait. Ça expliquait certainement pourquoi elle avait tant de mal à se faire des amis…

Oliver plissa les yeux.

— Aucun enfant ne m'a jamais parlé comme ça, gronda-t-il.

Holly s'illumina. *« Aucun enfant »… Il a déjà fait ça !*

— Ils ont sûrement eu peur de vous, répondit de nouveau étourdiment Holly. Euh, non, en fait, je voulais dire que… On va où ?

— On y est déjà.

Holly regarda autour d'elle. Elle ne voyait rien d'inhabituel. C'était son quartier – des pavillons de plain-pied avec des pelouses bien entretenues, des trottoirs bordés d'arbres.

— Tu es à présent dans un endroit *caché*, expliqua Oliver. Un lieu oublié où vivent ceux qu'on a oubliés. Un endroit perdu pour les âmes perdues. Le *Cache-cache*.

— Le Cache-cache, répéta Holly. Mais je peux revenir ? Dans le monde normal. Hein ? C'est bien ce que vous m'avez dit ?

Oliver hésita. Il donnait l'impression de ne pas vouloir répondre.

— Oui, finit-il par déclarer. C'est possible.

— D'accord. Comment ?

— Il n'y a qu'une façon de répondre à toutes tes questions. (Il désigna la carriole.) Il faut y aller.

Holly observa sa maison. Les briques rouges, les grandes fenêtres aux stores noirs, la pelouse parsemée de trèfles. C'était chez elle. C'est là qu'elle se sentait en sécurité.

Mais à l'intérieur, ses parents ne pouvaient ni la voir ni l'entendre. Et Hector ? Il l'oublierait certainement aussi. Le reverrait-elle un jour ? Où était-il ? Toujours avec les autres enfants ?

Le sentiment qui avait pris naissance au creux de son ventre grandit. C'était la faute d'Hector si elle se retrouvait dans cette situation, coincée dans ce Cache-cache. Elle y avait été projetée – *trahie* – par son propre frère.

Et elle était devenue invisible. Oubliée.

Eh bien, songea-t-elle, *pas pour longtemps.*

Oliver avait affirmé qu'il y avait une façon de revenir en arrière : il lui suffisait de jouer à un jeu. Elle en était capable.

— D'accord, dit-elle en regardant l'homme droit dans les yeux. Allons-y.

Il lui tendit la main pour l'aider à monter, mais Holly l'ignora et bondit dans la carriole toute seule. Les planches mal ajustées tremblèrent sous son poids.

Oliver grommela et laissa échapper un ricanement gras – la ressemblance entre ses bœufs et lui ne se limitait pas à l'odeur. Mais, contrairement à ce qu'Holly pensait, il ne monta pas dans le chariot. Il tourna les talons et se dirigea vers la maison.

— Hé ! l'appela-t-elle. Vous allez où ?

— J'ai besoin d'une dernière chose, répondit-il en ouvrant la porte d'entrée. Ton frère.

5

Hector s'était caché.

Il était chez lui, dans une pièce qui n'aurait pas dû exister.

Le fait qu'il y ait une nouvelle pièce dans la maison, une pièce qui n'était pas là avant, aurait dû l'inquiéter. C'était impossible, pas vrai ? Mais cette pièce n'était pas le truc le plus impossible qui se soit produit dernièrement. Loin de là.

La journée avait été très étrange.

En se remémorant le moment où tout avait basculé, Hector ressentit une bouffée de honte. Il avait été tellement content de pouvoir enfin narguer sa sœur. Se montrer enfin plus *intelligent* qu'elle… C'était lui qui avait eu l'idée de lui jouer un mauvais tour, et les autres avaient accepté avec enthousiasme.

Il suffisait de lui proposer de jouer à cache-cache.

Après avoir piégé Holly, les autres étaient partis, mais Hector était resté dans le parc. Il voulait la voir. Il voulait voir sa tête quand elle se rendrait compte qu'ils s'étaient moqués d'elle.

Il s'était caché derrière un banc. Il l'avait surveillée à travers les lattes en bois et l'avait vue émerger de sa cachette.

Mais en l'apercevant, Hector avait cessé de sourire. La joie qu'il ressentait s'était immédiatement transformée en culpabilité et en regret.

Le visage de sa sœur était écarlate. Ses joues étaient striées de larmes. Elle avait pleuré.

Oh non, songea-t-il. *J'ai fait une grosse bêtise.*

Elle avait l'air triste, blessée et seule. Il envisagea un instant de sortir de sa cachette pour la rejoindre. Mais pour lui dire quoi ? Que ce n'était qu'une blague ? Pourrait-il lui mentir et affirmer que c'était l'idée de quelqu'un d'autre ? *Elle ne me croira jamais.*

Il ne pouvait pas l'affronter. Pas tout de suite.

Il valait mieux rester caché, c'était une meilleure idée.

C'est alors que l'homme surgit.

Hector comprit tout de suite que quelque chose clochait. Ses vieux vêtements sales et ses cheveux en bataille donnaient l'impression qu'il sortait tout droit du caniveau. Quand Holly s'enfuit en courant, l'homme sur ses talons, Hector se sentit obligé de les suivre.

Il prit soin de rester à bonne distance afin de ne pas être vu. Il avança courbé en deux tandis que l'homme traversait la pelouse d'un pas lourd et gagnait la porte de leur maison. Qu'allait-il faire ? Sonner ? Ouvrir la porte d'un coup de pied ?

Hector voulait absolument savoir ce que l'inconnu mijotait. Il rampa dans les buissons qui bordaient le côté du pavillon. Il comptait les utiliser pour se cacher, et, une fois parvenu au coin, jeter un coup d'œil sur la véranda.

Mais il leva la tête et se retrouva nez à nez avec l'homme étrange.

— Hector Thorn, le salua l'autre.

— Aaaah ! s'écria-t-il, stupéfait.

— Tu croyais que c'était un jeu innocent. Tu te trompais.

— Je suis désolé ! cria Hector sans savoir de quoi il s'excusait.

Qu'était-il censé faire à présent ? *Réfléchis*, se gronda-t-il. *Que ferait Holly ?*

Elle poserait des questions.

— Qu'est-ce que vous faites ici ? demanda Hector. Qui êtes-vous ?

— Je m'appelle Oliver, se présenta l'autre. Et tu as deux possibilités. Rester ici et être invisible pour toujours. Invisible et oublié. Ou venir avec moi.

— Bien sûr, rétorqua le garçon.

— Oh ! fit Oliver en écarquillant les yeux. Crois-moi, tu n'as pas envie de rester *ici*. C'est… (Il s'interrompit et se gratta vigoureusement la tête comme s'il avait des poux.) Attends un peu. Tu es d'accord ?

— Oui, répondit Hector en souriant. C'est une bonne idée.

Il n'avait pas du tout l'intention de suivre ce type. Mais il savait que discuter avec un adulte ne servait à rien : ils ne changeaient jamais d'avis. Il valait mieux acquiescer, attendre qu'ils tournent la tête – ce qui en général arrivait assez vite – et faire ce qu'on voulait.

Oliver se pencha et saisit Hector sous les aisselles.

L'odeur était insupportable. *Ce mec PUE*, pensa Hector. *Il pue comme mille culs.* Il n'avait jamais eu autant envie de se boucher le nez.

Oliver porta le garçon jusqu'au trottoir. Une vieille carriole en bois attelée à deux énormes animaux super moches était garée là.

L'homme posa alors Hector.

— Ne bouge pas d'ici. Je vais chercher ta sœur et je reviens.

Sur ces mots, il tourna les talons et pénétra dans la maison.

Hector n'en crut pas sa chance.

Il sauta à bas de la carriole. Il lui suffisait à présent de fuir le plus loin possible de ce mec zarbi et puant.

Mais Holly était toujours dans la maison.

Oliver avait dit qu'il allait la chercher… Hector ne pouvait pas la laisser là, surtout après le mauvais tour qu'il lui avait joué.

Il rentra chez lui sur la pointe des pieds et commença par jeter un coup d'œil dans la cuisine. Elle était en bazar, comme toujours ces derniers temps. De la vaisselle sale était entassée dans l'évier. Des sachets de chips et des boîtes de céréales encombraient les plans de travail. Le frigo était recouvert d'excellentes évaluations maintenues par de petits aimants. Elles appartenaient toutes à Holly, c'était un autel érigé à son talent. Hector n'avait droit à rien, comme d'habitude.

Aucun signe de sa sœur ni d'Oliver.

Je devrais appeler la police, pensa-t-il.

Il regarda le comptoir au-dessus du tiroir à bazar dans lequel ses parents rangeaient des crayons, des stylos, du scotch, des piles, des élastiques et tous ces trucs qu'on ne sait jamais où mettre. Avant, il y avait un téléphone, là, une vieille ligne fixe. Mais son père s'en était débarrassé.

Non, se souvint soudain Hector. *Il ne l'a pas jeté. Il l'a déplacé. Dans son bureau.*

Hector remonta le couloir sans bruit mais, une fois parvenu près de la porte du bureau, il se figea. La porte était ouverte, ce qui n'arrivait jamais. C'est alors qu'il entendit des voix.

— Tu seras coincée ici, impuissante, et tu verras les gens que tu aimes vivre leur vie comme si tu n'existais pas, dit la voix d'Oliver en provenance du bureau. Non, crois-moi, tu n'as aucune envie de ça. Tu veux y retourner.

Est-ce qu'Oliver parlait à son père ? Et pourquoi ce dernier ne lui répondait-il pas ?

Hector remarqua alors la photo.

C'était une photo de famille un peu gnangnan, la seule accrochée au mur. Ils l'avaient fait faire quelques années plus tôt, dans un studio professionnel.

Hector se souvenait parfaitement de ce calvaire. Sa mère avait exigé qu'Holly porte une robe, ce qu'elle avait détesté. Lui-même n'arrêtait pas de glisser du tabouret pour essayer de s'échapper. Leurs parents avaient tenté de les acheter tout en souriant d'un air forcé.

Tous les clichés étaient ratés. C'était bien évidemment devenu leur photo de famille préférée, car elle les faisait beaucoup rire.

Sauf que la photo avait changé.

Il y avait deux autres enfants dessus.

Tout le monde était à sa place. Hector, à moitié assis sur son tabouret, juste à côté d'Holly, voûtée, l'air malheureux. Son père avec son sourire coincé. Sa mère. Mais à côté d'elle, il y avait deux garçons. Ils étaient plus âgés, presque aussi grands qu'elle. Ils se donnaient des coups de coude.

— Y retourner ? Retourner où ?

Hector sursauta. *C'est Holly*, comprit-il. Il se faufila jusqu'à la porte entrouverte et avança la tête dans l'encadrement.

La haute silhouette chevelue d'Oliver était penchée sur Holly. Il lui tendit alors la main et elle recula comme s'il était contagieux.

Assis à son bureau, son père tapait sur son clavier sans se soucier de leur présence.

— Humpf. Comme tu voudras, dit Oliver.

Puis il soupira et se redressa avant de faire un pas en arrière.

Hector se figea en comprenant ce qui était en train de se passer. *Il s'approche !* hurla son esprit en essayant de pousser son corps pétrifié à réagir. *Cache-toi !* Ses jambes finirent par saisir le message et il se précipita en courant vers sa chambre. Il ouvrit la porte à la volée et se souvint au dernier moment de ne pas la claquer derrière lui. Puis il poussa un petit cri de surprise.

La pièce contenait des lits superposés et les murs étaient recouverts d'étagères remplies de livres. Il n'apercevait aucun jouet.

Ce n'est pas ma chambre, comprit-il. Il n'avait jamais vu celle-ci de sa vie. *Qu'est-ce qui se passe ?*

Un bruit de pas dans le couloir le poussa à se remettre en mouvement. Il fallait qu'il se cache, et il n'avait pas le temps de faire preuve de créativité. Il s'allongea à plat ventre et rampa sous le lit. Il y avait juste assez de place pour lui.

Il attendit, l'oreille tendue pour tenter de deviner ce qui se passait dans la maison. Il entendit des bruits sourds et ce qui ressemblait à une porte de placard qu'on ouvre. Il crut percevoir des voix. Il n'en était pas certain.

De longues minutes s'écoulèrent. Il mourait d'envie de sortir de là et de s'enfuir en courant, mais il n'osait pas bouger.

Un bruit de pas en provenance du couloir finit par se faire entendre. Ils devinrent de plus en plus sonores – quelqu'un s'approchait.

Depuis sa cachette, le garçon vit la porte s'ouvrir et une paire de bottes sales et usées entrer lourdement dans la chambre. Il savait à qui elles appartenaient.

— Sors de là, Hector Thorn, dit Oliver. Ta sœur t'attend.

6

Holly était assise dans la carriole. Les yeux rivés sur la porte, elle attendait le retour d'Oliver, anxieuse.

Est-ce qu'Hector était dedans depuis le début ? se demanda-t-elle.

Une partie d'elle avait envie de le voir. Une partie d'elle espérait qu'il était en sécurité ailleurs. Et une autre partie d'elle était toujours en colère contre lui.

Ils sont probablement encore en train de se moquer de toi. Du moins s'ils se souviennent de ton existence…

La porte d'entrée s'ouvrit et Oliver sortit. Il était accompagné d'Hector, qui avait l'air effrayé et perdu. Il aperçut sa sœur et courut aussitôt vers la carriole.

— Holly ! s'exclama-t-il en posant les mains sur le rebord.

— Hector, soupira-t-elle.

Sa colère disparut, remplacée uniquement par du soulagement. Il la reconnaissait. Il la voyait. Elle n'avait donc pas été totalement oubliée par les membres de sa famille.

— Salut, l'idiot, ajouta-t-elle en utilisant le surnom qu'elle avait l'habitude de lui donner.

— Holly, qu'est-ce qui se passe ? J'ai vu papa… Pourquoi il ne m'a rien dit ?

— J'en sais rien. Il a fait pareil avec moi.

— Le type dit qu'on doit l'accompagner… ?

Hector tourna la tête à droite et à gauche pour examiner la rue, comme s'il cherchait de l'aide.

Avant qu'Holly ait pu répondre quoi que ce soit, Oliver saisit le garçon sous les aisselles et l'installa à côté d'elle. Puis il se hissa sur la carriole à son tour d'un geste vif et repoussa les enfants d'un coup de hanche.

— Il est temps de se mettre en route, déclara-t-il.

Hector se décomposa, sur le point de pleurer.

— Ça va aller, affirma sa sœur.

Il détourna le regard. Des larmes glissèrent sur ses joues. Il était en train de s'effondrer. Il fallait qu'elle trouve un moyen de l'aider à se ressaisir ou ils ne s'en sortiraient pas. Elle enroula le bras autour de ses épaules et pencha la tête vers lui.

— Allez, murmura-t-elle. On peut le faire.

Il hocha la tête.

— Oui, fit-il en s'essuyant le nez d'un revers de manche. D'accord.

Oliver s'inclina pour tapoter le dos d'un des bœufs. L'animal grogna et la paire commença à tirer le chariot branlant et grinçant.

— Où va-t-on ? demanda Holly. Je croyais que vous aviez dit qu'on y était déjà.

— Oui, répondit sèchement l'homme.

Holly voyait bien qu'il était agacé, mais elle continua quand même à poser des questions.

— Où on va, alors ?

— Au carrefour, répliqua l'autre en désignant le croisement des deux rues devant eux.

Holly examina les lieux. Rien ne sortait de l'ordinaire. Il n'y avait que les rues, les plaques vertes familières qui portaient leurs noms et le panneau stop.

La carriole franchit lentement un dos-d'âne. *On irait plus vite à pied*, songea Holly.

— Euh… il n'y a pas de voitures dans votre coin ? Ou des… vélos ? ne put-elle s'empêcher de demander.

— Garde ta salive, rétorqua Oliver sans quitter la route des yeux. Tu ferais mieux de te préparer.

Holly n'apprécia pas du tout cette réponse.

— Me préparer ? Comment ? À quoi ?

Cette fois-ci, l'homme pivota vers eux. Son visage arborait une expression sévère.

— Il y a des enfants qui paniquent quand ils voient… certaines choses. Ils ne le supportent pas. (Il leur adressa un regard entendu et se tapota la tempe du bout du doigt.) C'est pour ça que vous devriez vous préparer.

L'angoisse tordit l'estomac d'Holly. Ils auraient peut-être mieux fait de rester chez eux, finalement. Elle se retourna vers leur maison. Ils n'étaient pas si loin.

Elle pouvait toujours sauter à bas du chariot et s'enfuir en courant.

— Vous feriez mieux de vous accrocher, prévint Oliver.

Ils atteignirent le carrefour et le vent se leva.

Une violente rafale cingla le visage d'Holly. À sa grande surprise, l'air qui martelait ses joues était froid et piquant à présent, alors que, quelques secondes auparavant, il faisait doux. Les cheveux bouclés d'Hector s'agitèrent dans le vent.

Puis vint le brouillard. Il descendit, s'installa sur les maisons et les arbres et enveloppa tout le quartier de ses doigts gris. La route disparut, avalée par un nuage.

Les bras d'Holly se couvrirent de chair de poule, et pas uniquement parce qu'il faisait froid.

— Il se passe quoi ? demanda Hector d'une voix à peine audible.

La carriole fut secouée comme si elle avait heurté un nid-de-poule.

Oliver ne répondit pas. Il gardait les yeux rivés devant lui, l'air sombre et résolu. Holly remarqua qu'il se cramponnait au rebord du chariot. Ses phalanges étaient blanches.

Encore un cahot, et la carriole accéléra. Holly se sentit poussée en avant. Ils dévalaient une pente. C'était absurde, il n'y avait pas de pente dans le quartier.

Ils prirent encore de la vitesse. Les deux bœufs avançaient en traînant leurs sabots robustes, empêtrés dans leur propre élan. L'un d'entre eux poussa un grognement.

Le paysage défilait. À travers le brouillard, Holly voyait de moins en moins de maisons et de plus en plus d'arbres. Des arbres différents – non pas les chênes et les érables qu'elle connaissait si bien, mais des arbres gigantesques dont les branches tendues effleuraient le ciel. Le sol n'était plus recouvert par du bitume mais par de la terre.

La route devant eux était toujours plongée dans le brouillard. Et ils se précipitaient droit devant. Tout son corps vibrait et tremblait à l'unisson de la carriole tandis qu'ils fonçaient vers cette contrée sauvage et inconnue.

Hector lui pressait la main si fort qu'il lui faisait mal mais elle ne le lâcha pas, au contraire : elle se cramponna à lui avec autant d'intensité. De son autre main, elle agrippa son siège. Son estomac se souleva tandis qu'ils continuaient à dévaler la pente tels des cailloux dans un éboulis.

Puis ils s'arrêtèrent.

7

Holly fut projetée en avant par la violence de l'arrêt et, pendant une fraction de seconde, elle crut qu'elle allait faire un vol plané hors du chariot. Mais un bras les rattrapa in extremis, elle et son frère. C'était Oliver, qui avait anticipé ce qui allait se produire. Elle devina que tout ça était presque une routine pour lui et qu'il l'avait déjà fait de nombreuses fois.

L'homme dépenaillé sauta à bas de la carriole et ses cheveux hirsutes s'agitèrent. Puis il se retourna pour attraper Hector, qu'il posa à terre. Holly descendit toute seule.

— On est arrivés, déclara-t-il.

La jeune fille examina les alentours. Ils se trouvaient dans une forêt aux arbres d'une taille improbable. Tous identiques – des sapins, des épicéas ou des pins, avec des troncs longs et nus et des aiguilles pointues et piquantes. Le brouillard s'était dissipé, mais la forêt était si épaisse que tout était plongé dans l'ombre alors qu'on était en plein jour. Sous leurs semelles, le sol était humide et moussu.

Des bruissements dans un buisson révélèrent la présence d'un écureuil qui s'éloigna en toute hâte.

— Où sommes-nous ? s'enquit Holly.

Comment une forêt pouvait-elle surgir de nulle part ? Où était passé son quartier ? Comment allaient-ils rentrer chez eux ?

Oliver s'agenouilla pour se mettre à la hauteur des enfants.

— Je vais vous dire ce que j'ai dit à tous les enfants que j'ai amenés ici. (Sa voix devint sombre. Ses yeux étaient voilés, comme s'il rêvait tout éveillé.) Il y a une sortie. Mais vous ne la trouverez pas. (Il cilla, émergeant de sa transe, et plongea son regard dans celui d'Holly.) Personne ne l'a jamais trouvée.

Elle sentit la panique l'envahir.

— Ce n'est pas ce que vous m'avez dit. Vous m'avez assuré qu'il y avait une façon de rentrer ! Si on jouait…

L'homme se redressa et épousseta ses genoux. Il reprit son air impassible.

— Ça commence par un décompte, déclara-t-il en posant une main sur le chariot.

Il avait l'air prêt à remonter dedans… *Il va nous abandonner ici ?*

— Écoutez bien le décompte, poursuivit-il. Vous n'aurez pas beaucoup de temps pour vous cacher.

Il grimpa dans la carriole.

— Attendez ! s'écria Holly. On doit aller où ? Qu'est-ce qu'on est censés faire ?

Une cloche retentit au plus profond de la forêt. Une seule fois. Le son était assourdi et grave, comme étouffé par un linceul. Un instant plus tard, elle sonna une deuxième fois. Mais deux fois de suite.

— Elle arrive, constata Oliver tout en mettant les bœufs en mouvement. (Il avait un drôle d'air, comme s'il avait pitié d'eux.) *Elle* arrive. (Il hocha la tête.) Que vous soyez prêts ou pas.

Puis son chariot s'éloigna et disparut dans la forêt.

La cloche continua à sonner. Trois fois. Puis quatre. Puis cinq.

Ça commence par un décompte, se rappela Holly. Et tout d'un coup, les pièces du puzzle s'emboîtèrent. Le décompte. Les dernières paroles d'Oliver. *Que vous soyez prêts ou pas.*

C'était évident.

— Hector, fit-elle.

— Hein ?

— De tous les mauvais tours que tu pouvais me jouer, pourquoi tu as choisi un jeu de cache-cache ?

Le décompte avait atteint un nombre à deux chiffres et les tintements incessants de la cloche ressemblaient à un tocsin.

Holly tourna sur elle-même en essayant de décider quoi faire. Ils étaient entourés d'arbres immenses et menaçants. Où que se porte son regard, elle ne voyait que des ombres. Elle ignorait quelle direction prendre.

Le décompte cessa.

Le silence soudain était perturbant. On n'entendait plus que le vent, le bruissement des feuilles et les faibles pépiements de la faune invisible.

Puis, quelque part dans leur dos, une longue plainte désolée s'éleva des bois. Au début, à peine plus qu'un gémissement, mais qui devint rapidement plus sonore et plus puissant. Le cri était spectral et inquiétant ; encore pire, il était *tout près.*

— C'est quoi ? s'inquiéta Hector.

— Cours, répondit Holly.

— Quoi ?

Elle s'empara de la main de son frère.

— COURS !

Elle prit ses jambes à son cou en direction des profondeurs obscures de la forêt, en entraînant Hector avec elle. Elle zigzagua entre les arbres sans cesser de courir ni oser ralentir.

Elle ne voyait que des arbres, rien qui puisse les cacher à la vue de ce qui était à l'origine de cet horrible bruit. Elle continua à courir tout en cherchant une cachette des yeux, un endroit, n'importe lequel, où ils pourraient être en sécurité.

AOUUUUU !

Un autre cri s'éleva derrière eux, mais cette fois-ci ce n'était plus un gémissement mélancolique, plutôt un hurlement qui vous secouait jusqu'au tréfonds de l'âme. Comme si quelqu'un les appelait tout en rugissant de douleur.

Holly jeta un coup d'œil par-dessus son épaule. Elle aperçut deux yeux au loin, rouges et lumineux. C'était le regard d'un animal qui chasse, et il était posé sur elle. Ces yeux la voyaient, elle en était sûre. Ils brillaient comme s'ils savaient exactement ce qu'elle était.

Une proie.

— Hector, ordonna-t-elle. Grimpe à cet arbre.

— Quoi ?

Elle n'avait pas d'autre idée. Et elle espérait que la bête inconnue qui les chassait soit incapable de les suivre.

Elle attira son frère vers un vieux bouleau courbé. Il serait plus facile à escalader que les hauts pins qui dominaient la forêt, même si la branche la plus basse était assez haute.

— Viens, dit-elle. Je vais te faire la courte échelle. (Elle se pencha et joignit les mains. Hector hésita.) *Maintenant*, le secoua-t-elle.

Il mit le pied sur ses mains. Elle le souleva. Il tendit les bras, attrapa la branche et se hissa dessus.

— Grimpe.

Hector lui tendit la main pour l'aider à monter à son tour.

Holly se mit sur la pointe des pieds et tendit les bras. Leurs mains ne se touchaient pas. Elle essaya de sauter, mais en vain : son frère était tout juste hors de sa portée.

— Essaie de passer par le tronc, suggéra Hector.

Elle se dirigea vers la base de l'arbre, mais un grondement profond et guttural l'arrêta net.

C'était trop tard.

Elle pivota juste à temps pour voir la bête émerger lentement de la forêt sombre.

C'était un loup.

Sa fourrure était entièrement noire. Pas une seule tache grise ou blanche, comme s'il avait été plongé dans l'obscurité de la nuit. Ses yeux rouges brûlaient telles deux braises incandescentes.

— Cours, Holly ! hurla Hector. COURS !

Alors, Holly courut de toutes ses forces.

8

Elle fonçait à toutes jambes. Vu qu'elle n'essayait plus d'éviter les arbres, ses coudes et ses épaules heurtaient les troncs et se couvraient d'égratignures et d'hématomes dont elle ne se souciait guère : hors de question de ralentir.

Elle entendit le loup gagner du terrain derrière elle et elle allongea encore la foulée, la poitrine battante et les larmes aux yeux.

Le sol devint inégal et Holly trébucha. De hautes herbes et des branches grêles cinglaient ses jambes et sa taille, la ralentissant. Il y avait trop de buissons et trop d'arbres, elle ne pouvait pas anticiper ce vers quoi elle allait…

Et soudain, le sol se déroba sous ses pieds. Elle se mit à tomber, glissa sur les bras et roula dans la poussière. Elle atterrit violemment sur le dos.

— Aïe.

Elle tendit l'oreille. Aucun bruit de poursuite, aucun gémissement ni hurlement.

Il faut que je rejoigne Hector, songea-t-elle en se relevant.

C'est là qu'elle remarqua ce qui s'ouvrait devant elle. Ce n'était pas vraiment ce à quoi elle s'attendait.

La forêt s'était éclaircie, ne formant plus qu'une mince ligne d'arbres derrière laquelle s'étendait un champ. La clairière était immense – au moins aussi grande qu'un terrain de football. D'étranges objets étaient disséminés çà et là, mais Holly ne parvenait pas à les identifier d'aussi loin.

Elle remarqua autre chose. À l'orée du champ, accroupis, le dos contre un arbre, se tenaient deux autres enfants.

Ils étaient suffisamment loin pour ne pas voir Holly émerger du sous-bois. Elle se dirigea lentement vers eux. L'un des deux était un garçon au jean et au tee-shirt troués. Sa peau était d'un brun sableux, un peu plus claire que celle d'Holly, et ses cheveux bruns étaient emmêlés par la sueur et la crasse. L'autre était une fille à la peau claire. Elle portait aussi un jean, et un tee-shirt violet. Ses cheveux étaient blonds aux racines mais les longueurs composaient un arc-en-ciel de rose vif et de bleu.

En approchant, Holly les entendit chuchoter d'une voix qu'ils essayaient de garder basse. Ils se disputaient.

— Il est *juste ici*, dit le garçon. (Il jeta un coup d'œil derrière l'arbre en direction de la clairière.) C'est notre chance.

— Tu as entendu la cloche, répondit la fille d'une voix tendue par la peur. Ne sois pas débile !

Holly hésita, réticente à l'idée de s'incruster dans une conversation à laquelle elle n'avait pas été conviée.

Mais le loup aux yeux rouges était sûrement toujours à sa poursuite et ces gamins savaient peut-être quelque chose. Elle accéléra le pas, l'herbe et les feuilles mortes bruissant sous ses semelles.

Ils pivotèrent en l'entendant approcher. Elle s'arrêta net et s'accroupit. Ils la fixèrent, bouche bée.

— Holly ? demanda le garçon, stupéfait.

— Max ? Tu la *connais* ? s'étonna la fille.

— Hein ? fit Holly.

Comment connaît-il mon nom ? Elle examina son visage, ses yeux sombres, le grain de beauté sur sa joue droite, à la recherche du moindre signe familier. Elle n'avait jamais vu ce garçon de sa vie.

— Euh, oui, je m'appelle Holly.

Elle ne savait pas quoi dire d'autre.

— Tu ne…, commença le garçon avant de secouer la tête. Laisse tomber. Bien sûr. Qu'est-ce que tu fais ici ?

— Parlez plus bas, siffla la fille. Il faut se tirer. *Tout de suite.*

— Attends. (Max tendit le doigt.) Regardez.

Holly poussa un petit cri. Maintenant qu'elle s'était rapprochée, elle comprenait ce qu'étaient ces formes étranges qui parsemaient le champ.

Des statues éparpillées, pareilles à des tombes dans un cimetière.

Sauf qu'elles ne ressemblaient pas à des statues normales. Chacune d'elles représentait une personne en détresse. Certaines étaient recroquevillées sur le sol, la tête entre les genoux. D'autres contemplaient le ciel, les mains sur le visage comme pour tenter de protéger leurs yeux. L'une ressemblait à une fille qui courait, les jambes levées, mais la statue était tombée à terre.

Toutes les statues étaient de petite taille.

Elles ne sont pas petites, comprit soudain Holly. *Ce sont des enfants. Ce sont tous des enfants.*

Puis elle distingua un mouvement. Un garçon était blotti près de l'une des statues. Il paraissait plus jeune qu'Holly, peut-être avait-il l'âge d'Hector. Sa peau était si pâle qu'elle était presque translucide. Mais ce qui frappait le plus dans son apparence, c'était la couleur de ses cheveux. Ils étaient gris.

Le garçon les aperçut. Il agita la main vers eux. Holly n'en était pas certaine, mais elle avait l'impression qu'il souriait. Puis il disparut derrière la statue.

— Incroyable, marmonna Max, les dents serrées. (Il se tourna vers Holly. Il avait l'air affligé, presque désespéré.) Je reviens. Ne bougez pas. C'est notre meilleure chance de rentrer chez nous.

— Non !

La fille tendit le bras pour le retenir mais il n'y prêta pas attention. Il se leva d'un bond et se rua vers la clairière.

— Max ! cria la fille.

En vain. Le garçon courut d'une foulée maladroite vers la statue derrière laquelle se cachait le garçon aux cheveux gris.

Il atteignit la statue et trébucha. Se jetant à quatre pattes, il commença à chercher. Il fit le tour complet de l'effigie, mais il n'y avait plus personne.

Les yeux de la statue se mirent soudain à briller d'un éclat rouge vif.

AOUUUUUUU !

Un hurlement retentit derrière elles.

La fille au tee-shirt violet attrapa Holly par le bras. Elle l'agrippait si fort qu'elle lui faisait mal.

— Baisse-toi, murmura-t-elle. Cache-toi.

Holly entendit quelque chose jaillir des frondaisons au-dessus de la crête. Elle pivota et vit le loup en plein vol, traînée de fourrure et de crocs. Il atterrit et chargea dans leur direction.

Holly était assise le dos contre l'arbre, tétanisée. La fille s'allongea à plat ventre.

Le loup se rua vers elles. Plus il s'approchait, plus ses crocs blancs étaient visibles.

Holly ne pouvait fuir nulle part et n'avait le temps ni de bouger ni de se cacher. Elle pensa à Hector et espéra qu'il était en sécurité.

Mais la bête la dépassa sans un regard.

Holly se mit à trembler, à la fois terrifiée et soulagée. Son cœur battait à tout rompre. Mais la fille à ses côtés avait l'air tout sauf soulagée. Elle avait les yeux rivés sur la clairière, l'air sombre et impuissant.

— Max, murmura-t-elle d'une voix brisée.

Elle avait prononcé son nom avec une tristesse infinie. Comme si elle lui disait adieu.

Holly se risqua à jeter un coup d'œil vers le champ. Max était à quatre pattes près de la statue, recroquevillé à sa base, cramponné à son ombre. Le loup avança lentement vers lui en grondant.

Le garçon était acculé.

Max secoua la tête, suppliant.

— Non, non, non.

Alors, le loup fit une chose étrange.

Il se dressa sur ses pattes arrière, s'étira, et tout son corps s'allongea. Sa fourrure noire ondula sur son corps, se détacha et s'agita telle une cape soulevée par le vent. La fourrure se transforma en une longue robe frissonnante d'un noir de jais. Des manches de la robe surgirent des bras aussi pâles que la lueur de la lune. Les pattes avaient été remplacées par des pieds nus. Pour finir, la tête du loup disparut et devint une longue chevelure d'ébène encadrant un visage clair qui, même de loin, avait l'air froid et sévère.

Le loup s'était métamorphosé en femme.

Holly avait beau l'avoir vu de ses propres yeux, elle avait du mal à y croire.

Qu'est-ce qui se passe ? Qu'est-ce que c'est que cet endroit ?

La femme s'approcha de Max. Il se recroquevilla encore, tentant désespérément de se faire tout petit. Elle tendit le bras et deux doigts minces. Puis elle toucha gentiment le front du garçon, comme si elle se livrait à un rituel religieux.

Quand elle ôta la main, elle laissa une tache grise sur son front. La tache s'agrandit et se répandit sur son visage et son cou. Toutes les parties de lui touchées par le gris devinrent solides et figées.

Comme une statue.

Le corps de Max fut bientôt entièrement gris et immobile. Il était pétrifié, une expression terrifiée sur le visage.

La main de la femme l'avait changé en pierre.

Holly se cacha derrière l'arbre.

— Qu'est-ce qui s'est passé ? chuchota-t-elle d'une voix tremblante. C'est quoi, ce truc ?

La fille répondit d'un air lugubre :

— Tu joues à cache-cache. Et ce truc, c'est *Elle*.

9

Une rafale de vent balaya la clairière. La sombre chevelure de la femme dansa dans la brise et sa robe se gonfla telle une voile dans la tempête.

Tout son instinct criait à Holly de fuir. Mais la fille à côté d'elle n'avait pas bougé, les yeux toujours fixés sur la femme. Comme si elle avait lu dans les pensées d'Holly, elle leva la main pour lui intimer d'attendre.

Holly ne bougea pas. Elle jeta un coup d'œil derrière le tronc de l'arbre, terrifiée, pour voir ce que la femme faisait.

La femme s'effondra.

Elle tomba à genoux. Son corps tremblait, soudain parcouru de frissons. Elle se cramponna à la terre, les ongles enfoncés dans le sol. Elle se recroquevilla, semblant terrassée par la douleur, les mains sur le ventre comme si quelque chose lui tordait les entrailles.

— Maintenant ! (La fille tira Holly par le bras pour la faire se lever.) Cours !

Elle se précipita vers la forêt.

Holly s'élança derrière elle. L'autre courait vite, mais pas de manière désordonnée. Elle avait visiblement un but, et elle ralentissait parfois pour changer de direction. Holly avait du mal à la suivre.

— Attends, haleta-t-elle. Stop. Il faut qu'on s'arrête.

La fille s'immobilisa brusquement.

— Hein ? *Elle* est juste derrière nous.

— Mon frère, tenta d'expliquer Holly entre deux grandes goulées d'air pour reprendre son souffle. (Elle n'avait jamais couru aussi vite de toute sa vie.) Il est quelque part par là.

— Je suis désolée, répondit l'autre en secouant la tête d'un air compatissant. Mais on ne peut pas aller le chercher maintenant. *Elle* est à nos trousses et la nuit ne va pas tarder à tomber. On doit…

Elle s'interrompit et posa un doigt sur ses lèvres.

Un hurlement résonna dans les bois. Il paraissait venir de partout à la fois. Il ne semblait ni lugubre ni douloureux, cette fois. C'était plutôt un hurlement de défi qui disait : « J'arrive. »

J'arrive.

La fille se tourna vers Holly.

— On n'a pas le temps.

Elle examina les alentours puis se dirigea vers un vieil arbre dont les branches basses étaient noueuses et tordues comme des phalanges.

— Grimpe. Vite.

Holly ressentit une bouffée de soulagement en pensant à son frère. Si cette fille se cachait dans les arbres, alors peut-être que c'était la meilleure stratégie. Peut-être qu'Hector était en sécurité.

Elles commencèrent l'escalade. La fille avait de longues jambes qui lui permettaient de grimper rapidement, mais Holly peinait à dépasser les branches les plus basses. L'autre lui tendit la main et l'aida à se hisser.

Elles s'installèrent sur deux branches voisines près du tronc. Il y avait peu de feuilles pour les dissimuler : quiconque levant la tête pourrait les apercevoir.

Holly ouvrit la bouche pour le faire remarquer, mais la fille l'arrêta en posant un doigt sur ses lèvres et en secouant la tête.

Elle ravala ses paroles. Elle ne pouvait rien faire d'autre qu'attendre.

Holly prêta alors attention à ce qui l'entourait. La forêt était pleine de vie autour d'elle – les insectes bourdonnaient et vrombissaient, les crapauds coassaient, les feuilles bruissaient et les branches ployaient sous le vent. Un trio d'écureuils surgit d'un buisson non loin d'elles et fila à toute allure. Holly se balança sur sa branche. Le moindre bruit augmentait son angoisse. *C'est Elle ? C'est le loup ?* se demandait-elle. Tout la paniquait.

Elle entendit un léger craquement – quelque chose qui marchait sur les feuilles. Puis un autre. Et encore un autre.

Un grondement lui parvint. Au début léger et lent, il devint plus fort et plus rapproché.

Le loup était juste sous elles. Le museau sur le sol, il cherchait. Il fit le tour de l'arbre puis leva la gueule, ses yeux rouges luisant.

Il les avait trouvées.

Il s'assit et leva le museau vers le ciel.

Holly se tourna vers la fille, qui se contenta de secouer la tête.

Elles ne pouvaient rien faire.

Puis le loup se redressa. Son dos se raidit. Ses pattes arrière devinrent des jambes. Sa fourrure noire fondit, telle une tache d'encre, et se transforma en robe. C'était de nouveau la femme.

Elle fit le tour de l'arbre en laissant doucement courir les doigts sur son tronc comme si elle le caressait, l'apaisait. Elle s'immobilisa et leva la tête. Son visage était étrangement lisse, tous les traits et expressions paraissaient en avoir été effacés. Elle posa une main sur une branche, prête à grimper.

C'est alors qu'un autre bruit résonna dans la forêt. Un bruit léger et joyeux.

Un rire. Quelqu'un riait.

Holly poussa un soupir et toute la tension contenue dans ses épaules disparut. Elle ferma les yeux, semblant adresser une prière de remerciement.

En dessous d'elles, la femme en noir baissa la main et dirigea brusquement sa tête dans la direction du bruit. Puis elle tourna le dos à l'arbre et s'éloigna d'un pas.

Elle étendit les bras et mit un pied en avant comme si elle se préparait à plonger. Des plumes noires poussèrent sur ses bras qui devinrent des ailes. Sa robe claqua et s'allongea pour former une queue. Des plumes recouvrirent son visage et sa peau crayeuse, et un bec noir, épais, pointu et légèrement recourbé au bout émergea au milieu. Elle rétrécit, de plus en plus petite, jusqu'à ne plus rien avoir d'humain.

Elle s'était métamorphosée en corbeau.

L'oiseau battit des ailes. Il s'élança, s'éleva, le bec en l'air. Il vola plus haut, au-delà des arbres et des frondaisons. Holly l'entendit piailler et son cri se fit de plus en plus faible et distant, jusqu'à ce que l'animal disparaisse dans le ciel gris qui s'assombrissait.

— Tu peux redescendre, déclara la fille, brisant le silence. On ne risque plus rien.

Elle atteignit le sol en premier et, debout, mains sur les hanches, elle examina les alentours. Holly atterrit lourdement, manquant de tomber à la renverse.

— Ça va ? demanda la fille en haussant un sourcil.

Holly remarqua alors que le tee-shirt violet de son interlocutrice était taché et déchiré et que le numéro 30 qui s'étalait sur son torse était craquelé et délavé. Ses cheveux couleur arc-en-ciel étaient tout emmêlés.

— Non, finit par répondre Holly. Non, ça ne va pas du tout.

Elle tomba à genoux. Elle courait depuis ce qui lui semblait une éternité, animée par l'effroi, la panique et l'adrénaline, et elle avait soudain les jambes coupées.

— Hé ! Houla ! (La fille s'agenouilla à son tour.) Viens, on ne peut pas rester ici.

Holly attrapa la fille par son tee-shirt sale.

— C'est quoi, *ici* ? Où est-on ? Qu'est-ce qui se passe ? (Elle affermit sa prise, tremblante.) Explique-moi ce qui se passe.

— Boooon, répondit l'autre d'un ton doux tout en décrispant fermement le poing d'Holly. Premier jour. Je comprends. Reprenons depuis le début. Je m'appelle Petunia. Et toi, c'est quoi, ton nom, déjà ? poursuivit-elle sans lui lâcher la main.

— Holly. Je m'appelle Holly.

— D'accord, super, ravie de te rencontrer. Mais tu dois absolument te ressaisir, Holly. Lève-toi et suis-moi.

— Tu veux que je te suive où ?

— Dans un lieu où on sera en sécurité, affirma Petunia tout en lui lâchant la main et en se redressant.

C'était certes une bonne idée, mais ce n'était pas ce que voulait Holly. Elle voulait voir son père caché derrière la montagne de dossiers de son bureau. Elle voulait sa mère. Et elle voulait retrouver Hector.

— Non, rétorqua-t-elle. Je veux rentrer chez moi.

Petunia s'accroupit devant elle.

— Tout le monde t'a oubliée. Tu le sais. Si tu es ici, tu le sais.

Elle s'empara des mains d'Holly et la mit sur pied.

Celle-ci se sentait étourdie et fiévreuse.

— Mais où est-on ? demanda-t-elle de nouveau.

— Dans le Cache-cache mortel, répondit Petunia en désignant la forêt. (Il faisait de plus en plus sombre à présent que le jour faisait lentement place à la nuit.) C'est chez toi maintenant.

10

— Toi, constata Oliver en fronçant les sourcils. (Il avait l'air à la fois surpris et irrité.) Incroyable.

Hector prit ça pour un compliment.

Un peu plus tôt, depuis sa cachette, il avait vu avec horreur le loup charger et poursuivre sa sœur dans la forêt. En quelques secondes, ils avaient tous les deux disparu derrière les arbres, hors de sa vue. Hector avait dû se contenter d'écouter le piétinement frénétique des feuilles et les craquements des branchages tandis que le loup et Holly couraient dans le bois, mais ces bruits s'étaient rapidement dissipés.

Ce qu'il n'avait pas entendu, heureusement, c'était la preuve que la bête avait rattrapé sa sœur. *Elle est saine et sauve*, se dit-il. *Obligé.*

La seule question à se poser était quoi faire ensuite.

Il savait ce qu'Holly voudrait. *Reste ici, que je puisse te retrouver.* Il pouvait pratiquement l'entendre dire ça.

Hector surveilla les alentours. Il n'avait jamais vu autant d'arbres. Ils se balançaient en bruissant dans le vent.

Le ciel était de plus en plus gris : le crépuscule approchait. Il prit soudain conscience qu'il était tout seul.

Il descendit de l'arbre et fit quelques pas hésitants dans le bois. Holly avait disparu dans cette direction. Il pouvait peut-être la rattraper. Ce n'était peut-être pas trop tard.

C'est alors qu'il entendit un craquement. Un craquement qui lui rappela quelque chose.

Pourquoi est-ce que je connais ce bruit ? s'interrogea-t-il.

Il suivit le son et déboucha sur un sentier en terre plein d'ornières qui traversait la forêt.

Deux animaux de ferme maladroits clopinaient dans sa direction. Ils tiraient une vieille carriole brinquebalante dans laquelle était assise la silhouette familière et maussade d'Oliver.

Le chariot s'immobilisa et l'homme en descendit. Il avait l'air ennuyé, ce qui surprit un peu Hector. Il avait l'habitude de provoquer le sourire des gens.

— Je t'ai dit de te cacher, gronda Oliver.

— Il faut que je retrouve Holly, répliqua Hector. Est-ce que vous savez dans quelle direction elle est partie ? Vous pouvez m'aider ?

— J'ai déjà fait tout mon possible pour toi.

— S'il vous plaît, supplia le garçon. Je dois absolument la retrouver.

— Je t'ai *dit*…

— Si vous pouviez juste m'aider à la chercher. Je pense qu'elle est partie par là. On pourrait prendre votre carriole.

— Je te préviens…

— Elle est certainement montée dans un arbre. C'est là que…

— C'EST FINI POUR ELLE ! finit par hurler Oliver en attrapant Hector par les épaules. FINI ! (Ses yeux sortaient de leurs orbites et son regard bouillonnait de colère.) Encore et encore et encore ! Ça ne s'arrête jamais ! Combien de fous dans votre genre dois-je emmener ?

Des postillons avaient jailli de sa bouche et s'étaient logés dans sa moustache.

Hector se recroquevilla sur lui-même. Oliver semblait le regarder sans le voir, comme s'il parlait à quelqu'un d'autre.

— Oli… chantonna une voix au loin. Oli-Oli-Oli sans ses bœufs…

Ces paroles furent ponctuées par un rire aigu et chantant. *C'est une voix jeune*, remarqua Hector. Il n'était pas le seul enfant dans la forêt.

Oliver tourna la tête à droite puis à gauche pour essayer de déterminer d'où venait le rire.

— Tu as plus de jugeote que ça ! cria-t-il.

Seul le silence lui répondit.

L'homme dépenaillé monta dans sa carriole et donna une tape sur le dos de l'un de ses bœufs.

— En avant ! ordonna-t-il. Hue !

Les bêtes se mirent en branle, tractant Oliver et son chariot. Il roula dans les bois sans un regard en arrière puis disparut au milieu des broussailles.

Et tout redevint silencieux.

— Coucou ? cria Hector en tentant de percer l'obscurité des bois. Il y a quelqu'un ? Holly ?

C'est certainement trop demander, songea-t-il. Holly serait difficile à trouver. Il allait devoir la chercher.

La forêt était un véritable labyrinthe d'arbres et il se sentit tout de suite désorienté. Le vent sifflait et cinglait le feuillage. Quelques oiseaux voletaient sur des branches. Et puis, en provenance de quelque part devant lui, un autre bruit perça la quiétude des bois.

AOUUUUUU !

C'était un hurlement, long et fort.

Le loup. Il était tout près.

Hector pressa le pas et se mit à trottiner. Le soleil disparaissant, les ombres grandissaient. La forêt semblait l'encercler, l'enfermer.

Holly, où es-tu ? Il avait besoin d'elle, tout de suite. Elle saurait quoi faire. Comme toujours.

C'est là qu'il entendit de nouveau le rire. Il avait presque l'impression qu'il lui était *destiné*.

— Sors de ta cachette, sors de ta cachette, où que tu sois, chantonna la voix rieuse.

En entendant ça, Hector se mit à courir.

Il n'alla pas bien loin. Il avait à peine fait quelques foulées dans les ténèbres de plus en plus épaisses du bois que sa jambe heurta quelque chose. Il trébucha, glissa et tomba à terre en s'écorchant les genoux et les mains.

Lorsqu'Hector rouvrit les yeux, il vit que quelqu'un le regardait. Un garçon d'environ son âge. Il était penché, le visage juste au-dessus du sien. Ses yeux et ses cheveux étaient d'un gris pâle, presque spectral.

— Salut, fit le garçon. Je m'appelle Edmond. (Il lui tendit une main en souriant.) Tu veux jouer ?

11

Holly et Petunia marchaient dans la forêt. Petunia lui avait ordonné d'avancer lentement et prudemment. Elle lui avait conseillé de ne pas attirer l'attention en courant ou en piétinant partout. Holly s'était sentie embarrassée. C'était un jeu de cache-cache, et elle avait traversé le bois tel un éléphant fou, en écrasant les feuilles et en cassant bruyamment les branchages. Elle aurait pu deviner qu'il fallait faire le moins de bruit possible.

Il s'avéra que Petunia ne pouvait s'empêcher de dispenser ses conseils. Depuis que la femme en noir avait cessé de les poursuivre, on aurait dit que quelqu'un avait décapsulé une bouteille.

— Fais attention où tu marches. Si tu te tords la cheville, je ne pourrai pas te porter. C'est arrivé une fois à mon cousin Brian. Sa cheville a gonflé comme un pamplemousse. Y a pas de pamplemousse, ici. Il faudra que tu apprennes à trouver ta nourriture. Il n'y a pas de supermarché en bas de l'immeuble, de toute façon il n'y a pas d'immeubles. On y voit de moins en moins bien avec la nuit qui tombe, dépêche-toi.

Elle enjamba un morceau de bois et le montra à Holly pour éviter qu'elle trébuche.

— J'étais exactement comme toi quand je suis arrivée. Effrayée, perdue, je courais partout. (Holly rougit de nouveau de honte mais Petunia lui sourit.) Ne t'inquiète pas. Tout le monde flippe. Sauf les jumeaux, bien sûr. Ils m'ont trouvée et m'ont expliqué comment me cacher, trouver de l'eau et de la nourriture et faire le moins de bruit possible. (Elle grimaça.) Je ne sais pas comment je vais apprendre à Marco ce qui est arrivé à Max.

Holly supposa que Marco était le frère jumeau de Max. L'étrange réaction de celui-ci quand il l'avait vue la tracassait toujours. Comment la connaissait-il ?

— Je suis désolée, dit-elle. Pour ton ami.

— Ouais, répondit Petunia en pinçant les lèvres. Moi aussi. (Elle adressa un regard compatissant à Holly.) Mais s'il y a quelqu'un qui saura quoi faire pour ton frère, c'est Marco. Crois-moi.

— D'accord. (Elle avait besoin d'aide. La pensée d'Hector tout seul dans les bois la rongeait.) C'est juste qu'il est plus jeune que moi. Et… impulsif.

Tout autour d'elles, le soir devenait nuit et les contours des arbres fusionnaient avec l'obscurité. La vie nocturne s'éveillait, pleine de griffures et d'appels épars.

— Hé ! fit Petunia en posant une main rassurante sur l'épaule d'Holly. Tout va bien. *Elle* court toujours après le garçon gris quand elle l'entend. Il est toujours en train de rire, de chanter ou un truc du genre. Ce gamin est fou, si tu veux mon avis.

— Qui est-ce ? demanda Holly.

— Il vaut mieux qu'on discute plus tard. (Petunia plissa les yeux en examinant les frondaisons.) Au cas où. Mais ne t'inquiète pas. On est presque arrivées.

Elles s'arrêtèrent devant une petite arête qui gonflait le sol et formait une bosse mal dégrossie. De la mousse tachetait les cailloux, et les arbres environnants recouvraient l'endroit d'épais tas de feuilles mortes.

— *Home sweet home*, déclara Petunia d'un air satisfait.

Holly pivota sur elle-même en se demandant ce qu'elle avait raté.

— Je ne vois rien.

L'autre fille lui donna une petite tape joyeuse dans le dos.

— Regarde.

Elle se laissa tomber près de la petite bosse et se mit à fouiller dans les feuilles. Puis elle s'allongea sur le ventre, le visage tourné vers Holly. Ses jambes glissèrent et disparurent. Elle agita la main en souriant, et le reste de sa personne disparut à son tour.

Holly se précipita vers la bosse. Une fois tout près, derrière le tas de feuilles, elle l'aperçut : une étroite ouverture à l'endroit où l'arête rencontrait le sol. Un trou juste assez grand pour qu'un enfant se glisse dedans.

— Dépêche-toi ! la pressa la voix de Petunia depuis le trou.

Holly jeta un coup d'œil dans l'orifice. Il faisait trop sombre pour distinguer quoi que ce soit.

— Laisse-toi glisser ! conseilla la voix de la fille.

Elle s'allongea à plat ventre, exactement comme Petunia, et glissa les jambes dans le trou. Elle ne sentit rien sous ses pieds, juste du vide.

— T'inquiète pas, ce n'est pas profond, la rassura l'autre.

Holly sentit une main se poser sur son pied. Rassurée, elle se laissa glisser dans le trou et lâcha prise. Ses pieds heurtèrent le sol presque aussitôt.

Petunia sourit d'un air satisfait.

— Pas mal, comme cachette, pas vrai ? Viens.

Une très faible lueur tombait de l'ouverture au-dessus d'elles. Tout ce qu'Holly pouvait distinguer, c'est que l'endroit était petit. Petunia s'avança dans la grotte et elle la suivit, une main sur la paroi pour se diriger.

L'étroit passage ne tarda pas à s'élargir. Elle devina qu'elles étaient entrées dans un lieu plus grand, mais sans rien y voir. L'autre s'éloigna, l'abandonnant dans l'obscurité.

— Petunia ? appela Holly. Tu es toujours là ?

Pour toute réponse, une lumière s'alluma. La jeune fille était à un mètre d'elle, une lampe torche de la taille d'un feutre à la main.

— Une chance que je l'aie eue avec moi quand je suis montée dans cette carriole, déclara Petunia. Mais on ne peut pas la laisser allumée trop longtemps. Il faut économiser les piles.

Elle éclaira l'endroit pour qu'Holly voie les contours de la caverne. Elles étaient dans un endroit spacieux, de la taille de son salon, recouvert de gros et de petits rochers. De grands blocs perçaient le sol telles des dents dans une montagne. Se déplacer dans le noir était périlleux. Petunia agitait la lampe torche, mais Holly eut le temps d'apercevoir une pile de quelque chose – des vêtements ou des provisions – contre l'un des murs.

— Ce n'est pas luxueux, poursuivit Petunia. Mais on y est en sécurité. On peut y dormir et se reposer. (Elle fronça les sourcils.) Mais Marco n'est pas là. Je pensais qu'il serait de retour à cette heure.

D'en haut leur parvint le faible bruissement des branches et des feuilles sous les rafales du vent. Ce dernier avait dû s'intensifier si Holly pouvait l'entendre depuis le sous-sol. Un grondement suivit la bourrasque, comme si le ciel s'éclaircissait la voix. Le tonnerre.

Petunia fit signe à Holly de la suivre.

— Viens, j'ai un truc à te montrer.

Elle l'entraîna plus loin dans la grotte. Holly se demanda jusqu'où celle-ci s'étendait. Elles enjambèrent des cailloux dentelés qu'elles escaladèrent telles des marches d'escalier, jusqu'à parvenir à une partie de la grotte plus étroite, qui formait une mince fissure, trop petite pour se faufiler dedans.

— Une impasse ? demanda Holly.

Petunia secoua la tête et leva la lampe torche au-dessus de leur tête. La lumière éclaira la partie supérieure de la paroi, qui était lisse. Quelque chose de coloré s'étalait sur le mur. On aurait dit des graffitis.

Holly s'avança pour les examiner de plus près.

C'étaient des mots. Des messages. Rédigés à la craie, la plupart en blanc, mais d'autres en rouge, bleu et vert. Il y en avait plein, tous collés les uns aux autres, rappelant la dernière page d'un album de lycée.

Certains étaient minimalistes, du style *John était ici*, ou juste un nom et une date : *Mary Jane Portnoy, juillet 1975.* D'autres formaient des appels à l'aide désespérés : *Ne m'oubliez pas. Vous me manquez, papa et maman. Retrouvez-moi.* Une bouffée de chagrin envahit Holly.

Mais d'autres messages attirèrent son attention. Ils ressemblaient à des conseils, des astuces et des indices que les autres avaient tirés de cette forêt. *Attention aux yeux rouges. S'il pleut, sortez ! Ne vous déplacez pas la nuit. Il y a une rivière à l'ouest.* Quelques phrases étaient entourées. *Ne faites pas confiance à Oliver. Les baies bleues sont bonnes, les rouges NON. Le garçon gris connaît le chemin.*

Elle s'arrêta sur cette dernière phrase. Elle se souvenait du garçon aux cheveux gris qui se cachait derrière la statue. Celui que Max avait poursuivi.

— Le *garçon gris* ? demanda-t-elle à Petunia. Celui de la clairière ?

— Il s'appelle Edmond, répondit l'autre en soupirant. Il nous aidait, avant.

— Avant ? répéta Holly en fronçant les sourcils, perplexe. Comment ça ?

— Il nous a trouvés quand on est arrivés, expliqua Petunia. Il nous a menés ici et nous a montré comment nous cacher d'*Elle.* Il disait qu'il était là depuis plus longtemps que tous les autres, et qu'il pouvait nous ramener chez nous. (Petunia haussa les épaules.) Et puis, un jour, il est parti.

— Mais pourquoi ? demanda Holly, incapable de dissimuler l'urgence contenue dans sa voix.

Si cet Edmond savait comment rentrer chez eux, pourquoi ne les aidait-il pas ?

— C'est ça le plus fou, commenta Petunia avec un petit ricanement. Il a dit qu'il ne *s'amusait plus.*

Sa réponse laissa Holly sans voix. Qu'on puisse trouver ça amusant, considérer ce qui leur arrivait comme un vrai jeu, était incompréhensible.

Le vent et le tonnerre secouèrent de nouveau la forêt. Il commençait à pleuvoir.

— Hé ! fit Holly en désignant ce qui était écrit sur la paroi. Et ce message ? *S'il pleut, sortez !*

— Oh, ne t'inquiète pas, la rassura Petunia. Il a déjà plu. Il ne s'est rien passé. Et au moins, on peut recueillir de l'eau.

Un bruit sourd leur parvint depuis l'autre partie de la grotte, comme si quelque chose de lourd avait heurté le sol.

— Petunia ? Max ? appela une voix de garçon dans le noir.

Le soulagement envahit les traits de la fille, bientôt suivi par un air de profonde tristesse.

— Laisse-moi le lui dire, pour Max, d'accord ? chuchota Petunia.

Elle se dirigea vers l'entrée, Holly sur les talons.

— Je n'ai vu personne, déclara le garçon qui devait être Marco. J'espère juste qu'ils ont eu de la chance et qu'ils ont trouvé une des vieilles cachettes.

Il avait l'air contrarié. Petunia courut vers lui, laissant Holly trouver son chemin à tâtons dans l'obscurité, guidée par la lueur de la lampe torche devant elle. La lumière cessa de bouger. Deux silhouettes étaient voûtées devant elle, dont elle distinguait à peine les contours.

— Marco, dit Petunia d'une voix tremblante.

— Où est Max ?

Elle secoua la tête.

— Petunia ? Où est Max ? répéta le garçon.

C'était plus une requête qu'une question.

— Il ne s'en est pas tiré, avoua Petunia. Je suis désolée.

Il porta la main à sa bouche. Il inspira lentement, comme si ça lui demandait un gros effort. Sa main tremblait. Petunia lui posa la main sur l'épaule pour essayer de le réconforter.

— C'était Edmond, pas vrai ? demanda Marco. Raconte-moi ce qui s'est passé. (Il se frotta les yeux puis cessa brusquement.) Attends. (Il avait enfin remarqué Holly, qui se tenait un peu plus loin dans la grotte.) Qui est-ce ?

— Oh, répondit Petunia. J'ai trouvé quelqu'un dehors. Viens par ici, Holly.

Cette dernière les rejoignit. La jeune fille dirigea le faisceau de la lampe torche sur elle.

— Marco, je te présente Holly. Holly, voici Marco.

La lumière éclaira le garçon. Il avait la peau mate, des cheveux bruns, des yeux noirs et un petit grain de beauté sur la joue droite. C'était la copie conforme de Max.

Et il avait l'air en état de choc.

— Holly ? s'écria-t-il d'un ton ému et confus. (Il l'attrapa par les épaules et poursuivit comme s'il la connaissait.) Qu'est-ce que *tu* fais ici ?

12

— Il faut qu'on se cache, expliqua Edmond avec un regard sérieux. *Elle* chasse toujours les nouveaux arrivants avec beaucoup d'ardeur.

Hector ne comprenait pas tout ce qu'il lui disait, mais il hocha quand même la tête.

L'enfant aux cheveux et aux yeux gris était très étrange. Il avait commencé par lui sauter dessus de nulle part, ce qui, de un, l'avait surpris, de deux, lui avait fait mal. Ses mains et ses genoux l'élançaient encore un peu. Lui demander s'il avait envie de jouer était super bizarre aussi. Mais Hector avait mis tout ça de côté et lui avait posé la seule question qui comptait : « Tu peux m'aider ? »

Edmond avait accepté.

Ils étaient à présent accroupis sous un arbre. À travers les feuilles, Hector distinguait les nuages noirs en train de s'amonceler. Le vent soufflait et la forêt frissonnait autour d'eux. Quelque part, le loup hurla de nouveau.

— Tu vois ? (Edmond haussa les sourcils. Il avait l'air excité.) *La* voilà. Vite. Par ici.

Sur ces mots, il tourna les talons et courut dans le bois. Hector n'eut pas d'autre choix que de le suivre.

Edmond donnait l'impression de bien connaître les lieux. Il se faufilait sans bruit mais avec assurance entre les arbres et paraissait savoir quand et où tourner pour ajuster son chemin. On n'y voyait pas grand-chose, mais ça ne semblait pas le déranger. Entre les nuages et le coucher de soleil, l'obscurité tombait à toute allure.

Edmond s'immobilisa. Il se tenait devant un tas de feuilles et de branches près du tronc d'un arbre abattu.

— Pourquoi on s'arrête ? demanda Hector.

L'autre déplaça les branchages, dévoilant un trou peu profond. Il sourit et sauta dedans.

Hector jeta un coup d'œil prudent à l'intérieur. Edmond était accroupi dans la petite tranchée. Il lui fit signe de le rejoindre.

Évidemment, se rappela Hector. *On joue à cache-cache. C'est une cachette.*

Il rejoignit l'enfant, qui ramena les branches sur eux pour dissimuler l'entrée. Il faisait noir et humide dans le trou, mais un peu de lumière se faufilait par les interstices entre les feuilles.

Ils restèrent assis en silence, immobiles. Les minutes passèrent.

La proximité d'Edmond rappela à Hector les moments où Holly et lui se blottissaient dans le même lit. Il la rejoignait la nuit quand il avait peur. Et au lieu de dormir, ils jouaient à des jeux idiots, tel celui où Holly disait un mot et Hector devait en trouver un qui rimait.

Anneau.

Bateau.

Panneau.

Tu l'as déjà dit !

Non, ce n'est pas « anneau » mais « panneau ».

Pfff. Débile. Comme tu veux. « Le seigneur des anneaux. »

C'est encore un anneau !

Non ! Ce n'est pas le même ! J'ai gagné.

Nez.

Ils continuaient jusqu'à ce que leurs parents les entendent rire.

Mais c'était il y a très longtemps.

Edmond émit un petit bruit surpris puis donna un coup de coude à Hector. Quelque chose bougeait au-dessus d'eux. Quelque chose qui avait quatre pattes. Et qui se déplaçait lourdement.

Le loup. Probablement celui qui chassait Holly, pensa Hector. Il espérait qu'elle avait réussi à lui échapper.

Le garçon entendit un reniflement, suivi du grondement rauque du loup. Près de lui, Edmond avait l'air ravi, comme si la situation était hilarante.

D'autres bruits leur parvinrent. Le loup se déplaça lentement. L'herbe et les feuilles crissaient sous ses pas. Les bruits devinrent plus faibles. Le loup s'éloignait.

— Miaou !

Hector tourna brusquement la tête vers son compagnon. Est-ce qu'il venait de miauler ?

— Miaou ! répéta Edmond en plongeant son regard dans celui d'Hector.

Il gloussa.

Tout était calme au-dessus d'eux. Hector imagina le loup immobile, les oreilles aux aguets, prêt à bondir dans leur direction. Il ne comprenait pas pourquoi Edmond avait miaulé : il les avait balancés !

À moins qu'il ne sache quelque chose que j'ignore, songea-t-il. Après tout, Edmond connaissait l'existence de cette cachette. Et il avait demandé à Hector s'il voulait jouer. Peut-être que c'était ce qu'il était *censé* faire.

Ça valait le coup d'essayer.

— Bêêêê ! couina Hector avant de pouffer à son tour.

Edmond écarquilla les yeux, ravi et surpris. Il posa la main sur sa bouche pour essayer de réprimer son rire. En vain.

Une ombre se répandit sur les branches qui les dissimulaient. Elle se transforma soudain étrangement, semblant s'allonger, s'amincir. On aurait dit que quelque chose s'étirait.

Une branche bougea. De longs doigts pâles et recourbés passèrent à travers les feuilles, prêts à s'emparer d'eux.

C'est alors qu'un sifflement bas et régulier s'éleva de non loin. La main se figea. Le ton changea progressivement, chaque note fusionnant dans la suivante. C'était une chanson, une mélodie simple et sombre.

La main blême recula. D'autres bruits étranges se firent alors entendre. Hector aurait juré avoir entendu des ailes se déployer. Un oiseau cria et son cri se fit de plus en plus faible au fur et à mesure qu'il s'éloignait.

Edmond bondit sur ses pieds. Il repoussa le feuillage et se hissa hors du trou.

Hector se leva pour le suivre. Il posa les mains sur le rebord et essaya de sortir à son tour. Il dut s'y reprendre à deux fois. Edmond le dévisageait et attendait.

Il parvint enfin à s'extirper de la tranchée et épousseta ses vêtements.

Le soleil avait presque disparu. Le tonnerre grondait. Il ne tarderait pas à faire complètement nuit.

— Par ici, fit Edmond.

Il pivota et se dirigea vers le bois.

— Hé !

Hector lui courut après. Il le dépassa et se campa devant lui, le forçant à s'arrêter.

— Tu veux bien me dire ce qui se passe ? demanda-t-il. On est où ? Quel est cet endroit ?

— Oh. Laisse-moi deviner. (Edmond se couvrit les yeux d'un air théâtral et renversa la tête en arrière.) Tu veux rentrer *à la maison.* À la maison, à la maison, à la maison. C'est ce que *tout le monde* veut !

— Non, répliqua Hector. Je veux retrouver ma sœur.

Edmond laissa retomber ses mains.

— Quoi ?

— Ma sœur, répéta Hector. Holly. Elle est là. Je dois la retrouver.

Edmond se caressa le menton.

— C'est *nous* qui allons chercher. (Il adressa un grand sourire à l'autre garçon.) *J'adore* ce jeu !

Une goutte éclaboussa le bras d'Hector, puis sa nuque.

— Il pleut, constata-t-il en levant les yeux.

— Ce n'est pas grave, répondit Edmond. Je connais un endroit.

— J'espère que ce n'est pas un autre trou.

— Comment tu as su ? s'esclaffa l'enfant aux yeux gris. Mais ce n'est pas juste un trou. (Il haussa les sourcils.) Ça va te plaire. C'est une grotte.

13

Holly avait du mal à trouver le sommeil.

Marco l'avait reconnue. Elle en était certaine. Exactement comme son jumeau, Max, un peu plus tôt dans la forêt.

Lorsque Marco avait remarqué la perplexité d'Holly, il avait tout de suite trouvé une excuse : *Pardon, je t'ai confondue avec quelqu'un d'autre. Tu me rappelles quelqu'un.* Mais quand elle lui avait dit qu'Hector était là aussi, ses yeux avaient pratiquement jailli de leurs orbites.

Holly voulait se mettre tout de suite à sa recherche, mais Marco et Petunia avaient tous deux affirmé que c'était trop dangereux de chercher de nuit. Ils lui avaient donné à manger – une poignée de minuscules noix et de petites baies molles – et l'avaient conduite à un lit de feuilles pour qu'elle puisse se reposer.

Holly essayait bien de dormir, mais son esprit était en proie à un maelstrom : ses pensées, ses souvenirs et ses sentiments tourbillonnaient tel un ouragan dans un bocal. Elle pensa à ses parents. Que pouvaient-ils bien faire, tout seuls à la maison ? Cherchaient-ils toujours quelque chose ou quelqu'un d'introuvable ? Elle songea à Hector. *Il va bien,* se rassura-t-elle. *Je vais le retrouver.*

Holly finit par plonger dans un rêve.

Elle était chez elle, mais rien n'allait. Sa chambre était habituellement bien rangée, tout à sa place, mais là, c'était le bazar le plus total. Ses livres étaient éparpillés par terre, comme si quelqu'un les avait arrachés à leurs étagères pour les jeter en désordre sur le sol. Probablement Hector. Elle allait devoir tout réorganiser. Par ordre alphabétique d'auteurs, bien sûr. Elle parcourut les couvertures à la recherche des noms commençant par la lettre A.

Hector entra. Elle s'y attendait. Il venait toujours dans sa chambre quand il ne parvenait pas à dormir. Dans la logique tordue de son rêve, Holly accepta qu'il faisait nuit à présent et qu'il était normal qu'elle se retrouve soudainement en pyjama. La pluie battait contre les vitres.

— Je n'arrive pas à dormir, se plaignit son frère en se frottant les yeux.

— Pourquoi tu as mis le bazar dans mes livres ? grommela-t-elle.

Hector s'assit près d'elle. Elle lui fit de la place. Il tenait une feuille de papier et un crayon.

— Jouons, proposa-t-il.

Il traça une courbe sur la feuille puis tendit le crayon à Holly.

C'était un de leurs jeux. L'un des deux commençait un gribouillis. L'autre devait rajouter quelque chose pour en faire un dessin reconnaissable. Puis ils dessinaient chacun leur tour jusqu'à ce que le croquis soit achevé.

Le trait d'Hector ressemblait à la moitié de la moustache d'un méchant à l'extrémité recourbée. Holly dessina l'autre moitié de la moustache, un nez et des yeux. Puis elle rendit le crayon à son frère.

— Hum, fit-il. (Il traça un rectangle autour du visage et ajouta une petite poignée au-dessus.) Monsieur Tête-de-Valise.

Sa sœur ne put s'empêcher de rire.

— C'est complètement idiot. (Mais les rouages de son esprit tournaient déjà pour faire encore plus absurde que lui. Elle pouvait peut-être lui ajouter des tentacules de pieuvre.) À mon tour.

Il l'ignora et continua à dessiner. Dehors, la pluie redoubla. Il pleuvait des cordes à présent.

— Hé, allez, c'est à moi, insista-t-elle en tendant la main pour s'emparer du crayon.

Son frère ne réagit pas. Elle tenta de lui prendre le crayon, mais il ne bougeait pas.

— Hector ? (Il ne répondit pas.) Hector !

Elle sentait le désespoir l'envahir. Elle se leva. Elle cria son nom. Elle le poussa et le tira mais il ne réagit toujours pas. Une voix dans sa tête se mit à répéter : *Non, non, ça ne peut pas recommencer. Je ne peux pas revivre ça.*

Le tonnerre retentit, faisant trembler toute la maison. Et Hector se tourna enfin vers elle. Il l'attrapa par les épaules et se mit à la secouer.

— Réveille-toi ! hurla-t-il sans cesser de la secouer. Holly, réveille-toi !

Elle ouvrit les yeux. Ce n'était pas Hector qui la secouait, mais Marco. Il tenait la lampe torche à la main et avait braqué le faisceau lumineux sur son visage.

— Éteins ça.

Elle plissa les yeux et leva la main pour bloquer la lumière. Elle s'écarta de Marco et ses jambes se retrouvèrent dans de l'eau froide.

Attends, s'étonna-t-elle. *Pourquoi mes jambes sont-elles dans l'eau ?*

— La grotte est inondée, expliqua Marco.

Il attrapa Holly par la main pour l'aider à se relever. Elle se rendit compte qu'elle était trempée.

Marco l'entraîna derrière lui le plus vite possible. Elle le suivit en trébuchant. L'eau clapotait autour de ses chevilles : la grotte se remplissait à toute allure.

Ils atteignirent l'entrée, où les attendait Petunia. L'étroite ouverture était juste au-dessus de leurs têtes. La pluie mitraillait la roche et les éclairs illuminaient la nuit.

— Il faut grimper, cria Marco pour couvrir le bruit de la tempête. Holly, vas-y en premier ! Attends-nous en haut !

Avant même qu'elle ait eu le temps de répondre, il lui saisit le bras et la souleva. Elle se cramponna au rocher glissant et mouillé et parvint à s'extraire de la caverne. Petunia la suivit.

— Aide-moi à hisser Marco, lui intima cette dernière.

Elles se penchèrent sur le trou et extirpèrent le garçon à son tour en le tirant par les bras.

Le déluge les doucha en un instant. Ils se précipitèrent vers un arbre et se blottirent contre son tronc. Le feuillage faisait un peu barrage à la pluie.

— Je croyais que ce n'était pas la première fois qu'il pleuvait, releva Holly.

— La pluie n'a jamais été aussi forte que ça, avoua Marco. Je pense qu'on peut rester ici jusqu'à ce qu'elle cesse. (Il croisa les bras en frissonnant.) J'espère juste que l'eau s'évacuera vite de la grotte.

Des rafales de vent rabattaient la pluie de tous côtés dans le maigre abri offert par l'arbre. On aurait dit que le ciel les attaquait. Il tombait des cordes, et le tonnerre grondait dans les nuages.

Grâce aux éclairs, Holly distinguait les contours des buissons agités par la tempête, des branches qui craquaient et qui pliaient sous la volonté de l'orage.

Il y eut un nouvel éclair. Devant elle, derrière le rideau de pluie, Holly aurait juré avoir aperçu la silhouette de quelqu'un recroquevillé sous un arbre.

Hector ?

Elle courut vers lui sans hésiter.

— Hector ! cria-t-elle.

Il ne bougeait pas.

Elle parvint à l'arbre et s'agenouilla. Il lui tournait le dos, roulé en boule tel un scarabée.

— Hector ! répéta-t-elle.

Il ne bougeait toujours pas.

Elle posa la main sur son dos. Il était râpeux et solide. Fait de pierre.

Non.

Elle contourna la statue, toujours à genoux. Il faisait trop sombre pour distinguer les détails, alors elle passa les mains sur son visage et son crâne.

La tête était lisse et ronde. Elle ne sentait pas de cheveux. Elle devina un petit bouton au milieu et une visière sur le front. C'était une casquette. Holly poussa un soupir de soulagement.

Hector ne portait pas de casquette.

Les yeux de la statue lancèrent soudain un éclat rouge comme une flamme.

Holly fit un bond en arrière. Elle s'attendait presque à ce que la statue revienne à la vie et se mette à sa poursuite, mais elle resta immobile. Ses yeux luirent un instant de plus puis s'éteignirent et reprirent l'apparence de la pierre.

Marco et Petunia surgirent à ses côtés, l'air inquiet.

— J'ai cru…, commença Holly. Peu importe. Ce n'est pas Hector.

— Ne pars plus jamais comme ça ! se fâcha le garçon. Jamais ! Est-ce que tu sais que…

Il fut interrompu par un hululement.

Ils tournèrent la tête et aperçurent quelque chose au loin. Quelque chose qui avançait lentement sur le sol. Quelque chose qui avait les yeux rouges.

— Courez, murmura Marco.

Ils s'élancèrent. Holly se releva et courut dans le sentier boueux. Elle sentit une main agripper son tee-shirt.

— On reste ensemble, ordonna Marco.

Elle tendit une main devant elle, trouva le bras de Petunia et s'en empara. Marco prit Holly par la main. Ils se hâtèrent tous trois dans le noir, cramponnés les uns aux autres. Le garçon ouvrait le chemin.

Entre les ténèbres, la tempête et la pluie qui lui martelait le visage, Holly ne distinguait rien d'autre que le dos de Petunia. Elle jeta un coup d'œil par-dessus son épaule : les yeux rouges étaient toujours là. Ils semblaient plus grands, plus proches. Alors qu'ils avançaient à tâtons tels des aveugles, *Elle* y voyait probablement parfaitement.

— Par ici ! s'écria Marco. Vers le ruisseau. Si on le traverse, *Elle* ne nous suivra pas.

Traverser un ruisseau ? Est-ce que ça marcherait ? Comment est-ce que le garçon parvenait à se repérer dans ces conditions ? Holly l'ignorait, mais elle n'avait pas de meilleure idée. Elle suivait, plantant un pied après l'autre dans la boue glissante. Chaque pas était une bataille pour ne pas tomber, et elle dut s'agripper plus d'une fois à Petunia pour éviter de trébucher, manquant les renverser toutes les deux.

Des mèches de cheveux mouillés lui barraient le front et les joues. Sa tresse était défaite. Elle distingua soudain un bruit nouveau, autre chose que le tambourinement de la pluie et du vent et le fracas de cymbales du tonnerre.

Ce bruit était un rugissement mouillé, celui de l'eau qui coule à toute vitesse.

C'était certainement le ruisseau dont Marco avait parlé. Mais il ne semblait pas assez paisible pour mériter le nom de *ruisseau.* On aurait plutôt dit le flot tumultueux qui s'écoule d'un barrage.

— Oh oh ! fit Marco. Stop !

— Attention ! s'exclama Petunia.

Holly tenta de s'arrêter, mais c'était trop tard.

14

Holly percuta Petunia. Le sol se déroba, la boue gargouilla sous ses pieds et elle se retrouva soudain à glisser sur le dos, incapable de s'arrêter. Elle dévala la pente de plus en plus vite, les deux autres hurlant à ses côtés. Ils étaient bousculés tels des débris dans une avalanche, impuissants. Ils finirent par atterrir dans une eau glacée.

Le « ruisseau ».

Entraînée par son élan, Holly coula. Le courant s'empara d'elle, la tira, l'emporta.

Le flot avait pris possession d'elle et refusait de la libérer.

Elle pensa d'abord qu'elle allait se noyer. Elle était submergée, à la merci des vagues féroces qui rouaient de coups son corps impuissant, l'entraînant en avant.

Mais une autre pensée surgit alors dans sa tête, une pensée furieuse et bruyante : *Non, je ne me noierai pas.*

Elle n'était *pas* impuissante. Elle savait quoi faire.

Ne panique pas. Ne te débats pas. Ne lutte pas contre le courant. Nage avec lui.

Elle tendit les bras et se mit à battre des pieds. Elle leva la tête pour essayer de la sortir de l'eau. La rivière protesta, tentant de la submerger avec des vagues imprévisibles. Elle continua à battre des jambes et se propulsa avec les bras. Elle n'avait qu'une idée, qu'un but, et elle ne comptait pas se laisser arrêter.

Elle rompit enfin la surface. Elle ouvrit la bouche et avala de grandes goulées d'air. Elle avait réussi.

Le clair de lune brillait entre les nuages qui commençaient à se disperser. La pluie diminuait.

— Petunia ? cria-t-elle.

Pas de réponse. Elle s'apprêtait à appeler Marco quand la rivière la poussa encore en avant, la traîna, et une vague la gifla. Elle avait du mal à garder la tête hors de l'eau.

— Holly ? hurla Marco. Où es-tu ?

Dans l'eau, comme toi, pensa-t-elle. Ça n'était guère utile. Elle essaya de regarder autour d'elle – grâce à la lune, on y voyait un peu mieux – mais elle n'aperçut personne. Elle ne voyait qu'une forme sombre un peu plus loin, une forme qui se rapprochait au fur et à mesure que la rivière l'entraînait.

C'était un rocher, comprit Holly. Il divisait la rivière en deux. À droite, elle continuait de couler. À gauche, l'eau formait une crique dont la plage était encombrée de branches et de débris.

— À gauche ! cria Holly. Nagez vers la gauche !

Elle se maintint à la surface et nagea de son mieux vers la rive. Elle espérait que les autres l'avaient entendue.

— À gauche ! hurla-t-elle de nouveau.

— Vers la gauche ! répéta Marco quelque part derrière elle. Suis Holly !

Elle dépassa le rocher à toute allure. La rive arrivait vite. Elle fonça vers l'amas de branches brisées et de feuilles mortes et mouillées.

Pour protéger son visage, Holly déplaça son poids et se mit sur le dos, les pieds en avant, prête à laisser ses jambes encaisser le plus gros de l'inévitable crash.

La rivière la fracassa contre les débris. Les branches se brisèrent et agrippèrent ses jambes, alors qu'elle heurtait quelque chose de solide ; Holly donna aussitôt des coups de pied, comme si elle tentait de sortir d'une piscine. Cela suffit à ralentir son élan et elle put enfin toucher terre.

Et se redresser.

Tout en poussant et en écartant les branches de son passage, elle parvint à marcher dans l'eau boueuse. Elle pouvait enfin poser les pieds sur un sol ferme. Elle trébucha jusqu'au rivage et tomba à genoux, les mains dans la vase.

Elle avait réussi.

15

Hector marchait à travers les bois avec Edmond dans la nuit, la pluie et le vent. Le garçon était un guide expérimenté, ou du moins c'était l'impression qu'il donnait. Ils se frayaient un chemin dans la forêt et, de temps en temps, Edmond s'arrêtait pour toucher un arbre ou tendre le cou et l'oreille. Puis ils reprenaient leur chemin en changeant de direction.

Plus d'une fois, il se retourna pour ordonner à Hector d'accélérer. Exactement comme avait l'habitude de le faire Holly.

Elle a certainement traversé la forêt sans encombre, songea le garçon en levant les yeux au ciel.

Puis il se souvint du visage de sa sœur dans le parc, rouge de larmes.

Je vais la retrouver, se jura-t-il. *Je vais tout arranger.*

— Hé, dit-il à Edmond. On joue vraiment à cache-cache ?

Le garçon aux cheveux gris s'immobilisa et s'accroupit. Des gouttes de pluie s'écrasèrent sur sa tête.

— Souhaites-tu converser un instant ? demanda-t-il. Avant que nous poursuivions notre randonnée ?

— Ouais, répondit Hector en s'agenouillant à côté de lui. Conversons.

— Quelles sont tes interrogations ?

— Tu parles toujours comme ça ?

Edmond ne répondit pas. Hector aurait aimé voir son expression, mais il faisait trop sombre.

— Laisse tomber. Je me demandais si on jouait vraiment à cache-cache.

— Un Cache-cache mortel, le corrigea le garçon.

— D'accord, mais c'est pareil, non ? Il y a quelqu'un qui essaie de nous trouver, pas vrai ? Est-ce que c'est le loup ?

— Parfois.

— Oh. (Hector hocha la tête, l'air de comprendre.) Comment on fait pour gagner ?

— Gagner ? répéta Edmond comme si le concept lui était étranger.

— Il y a bien une façon de gagner, non ? (Il se rapprocha de l'autre garçon.) De rentrer à la maison ?

L'enfant gris se renfrogna.

— Et voilà, c'est ce que tout le monde veut. *Rentrer à la maison, rentrer à la maison.* Je croyais qu'on cherchait ta sœur.

— Oui, mais est-ce que tu le connais ? Le chemin pour rentrer ?

Edmond croisa les bras, détourna le visage mais acquiesça.

— Oui.

— Pourquoi tu es toujours ici, alors ?

Il se mura de nouveau dans le silence.

Le tonnerre résonna, et ce qui avait commencé comme une pluie fine se transforma soudain en déluge. On avait du mal à y voir avant, mais là c'était carrément impossible.

— La grotte n'est pas loin, déclara l'enfant gris. Ta sœur est forcément là. Si elle n'a pas encore été attrapée.

— Pourquoi tu ne l'as pas dit avant ? s'exclama Hector.

C'était la meilleure nouvelle de la journée.

— Tiens-toi à ma chemise, ordonna Edmond. Ne me lâche pas.

Il obéit et se cramponna au vêtement trempé de son compagnon. Ce dernier s'élança. Il lui emboîta le pas, ses pieds glissant sur le sol boueux de la forêt pour tenter de tenir le rythme.

Edmond avançait vite. La pluie et la nuit ne le ralentissaient pas du tout. Hector essaya une fois ou deux de lui parler, mais il ne répondit pas. Le seul bruit qui lui parvenait était le rugissement de l'orage.

L'enfant gris finit par s'immobiliser brusquement. L'autre le percuta.

— Qu'est-ce que…, commença ce dernier.

En face d'eux se dressait un immense brouillard. Il roulait et pulsait, se dilatait et se contractait comme s'il était vivant.

Edmond recula.

— On ne peut pas passer par là.

— Qu'est-ce que c'est ?

Mais pour toute réponse, l'autre tourna les talons et s'enfuit.

— Edmond ? cria Hector. Edmond !

Il était seul.

Il jeta un dernier coup d'œil à l'étrange brouillard puis se mit à courir après l'enfant aux cheveux gris dans la forêt sombre.

Il trébucha à tâtons en scrutant frénétiquement l'obscurité à la recherche du garçon. Il l'appela. En vain. Chaque fois qu'il devinait un mouvement ou entendait un craquement, il se précipitait. Et chaque fois, sans rien trouver. Il tourna sur lui-même et se rendit compte qu'il ignorait ce qu'était devenu l'étrange brouillard, où il se trouvait lui-même, et tout le reste. Il était complètement perdu et entièrement seul.

— Aïe !

Le cri se fit entendre quelque part sur sa gauche. On aurait dit quelqu'un en train de tomber.

— Au secours ! lui parvint la voix d'Edmond par-dessus la tempête. À l'aide !

Hector courut dans la direction des cris. Il s'arrêta net devant une berge boueuse et escarpée. Il entendit le son de l'eau qui coule et devina les sombres ondulations d'une rivière en contrebas.

Edmond était juste devant lui, cramponné au rebord de la crête. Ses doigts enfoncés dans la boue étaient en train de glisser.

Hector se pencha et attrapa ses mains. Elles étaient gelées, comme s'il les avait plongées dans un seau rempli de glace – si froides qu'elles le blessaient, même, et son instinct criait à Hector de les lâcher. Mais il ignora la souffrance et le froid et s'y agrippa plus fort. Il tira l'enfant gris à lui de toutes ses forces.

Les deux garçons s'effondrèrent sur le sol. Ils restèrent assis dans la boue, haletants.

— Tu m'as rattrapé, constata Edmond d'un air ahuri. Tu m'as sauvé.

Le clair de lune transperça les nuages. La pluie se calmait enfin. Hector était tellement épuisé qu'il se contenta de hocher la tête. L'autre continua à le dévisager d'un regard plein de gratitude.

Ils tournèrent la tête vers la rivière en entendant un nouveau bruit. Quelqu'un criait. Plusieurs personnes, pour être tout à fait exact. Ils s'appelaient tandis que la rivière les emportait.

— Petunia !

— Holly !

Hector se tourna vers Edmond.

— C'est Holly ! Ma sœur ! (Il se leva pour essayer de voir où menait la rivière. Il se pencha et tira l'enfant gris à lui.) Viens ! On doit la retrouver.

16

Holly avait beau être saine et sauve sur la rive, ce n'était pas le moment de se laisser aller.

Marco dépassa à toute allure le rocher qui se dressait au milieu de la rivière, avant de s'écraser contre le tas de débris dans un craquement douloureux.

Elle se rua vers l'endroit où il était retenu au milieu des branches et du bois flottant. Une coupure s'étalait sur son visage, juste au-dessus de l'œil. Il saignait. Il toussa violemment et recracha de l'eau.

— Ça va ? demanda-t-elle. Où est Petunia ?

— Derrière moi, répondit Marco. Va voir si tu peux l'aider.

Holly le laissa s'extirper tout seul de la rivière. L'orage semblait fini. L'averse s'était transformée en bruine et l'absence d'arbres offrait une vue dégagée. Les nuages s'écartèrent, révélant un ciel plein d'étoiles. Mais tout ce qu'elle vit dans la rivière, c'étaient des flots tumultueux et un morceau de bois flotté dont l'une des branches s'agitait dans le vent.

Elle y regarda de plus près : en fait, c'était un bras.

Petunia s'était accrochée à une branche qu'elle utilisait pour ne pas couler. Mais elle ne se dirigeait pas dans la bonne direction. Elle allait droit vers le rocher.

Holly se mit à hurler.

— Par ici !

La tête de Petunia disparut sous la surface. Une peur soudaine s'empara d'Holly. *Et si elle ne savait pas nager ?*

Puis elle vit la chevelure colorée de Petunia crever la surface de l'eau, monter puis descendre. *Elle marche*, comprit Holly, soulagée.

La jeune fille finit par atteindre la rive, de l'eau jusqu'aux genoux. Holly lui tendit la main pour l'aider à franchir la distance qui les séparait.

— Merci, fit l'autre en posant les mains sur ses cuisses, essoufflée.

Marco les rejoignit. Ils étaient tous les trois trempés, les vêtements lourds et dégoulinants. La coupure au-dessus de l'œil du garçon ne saignait plus, mais elle avait laissé une longue marque rouge sur son front.

— Je ne sais pas du tout où on est. (Il scruta la rivière dans la direction d'où ils venaient.) J'ignore à quelle distance on est de la grotte.

Il leva les yeux vers le ciel. Les nuages revenaient, dissimulant les étoiles, menaçants.

Mais ce n'était pas la météo qui inquiétait Holly. À quelle distance se trouvait-elle d'Hector à présent ? Est-ce qu'elle le retrouverait un jour ?

— On ne peut pas rester à découvert, déclara Petunia.

Marco acquiesça.

— On bouge.

Ils essayèrent de s'arranger un peu. Holly essora ses cheveux, espérant par la même occasion laisser derrière elle le calvaire de la rivière. Mais elle n'avait pas le temps de s'apitoyer sur son sort.

Ils se mirent en mouvement, côte à côte, à petits pas prudents. Ils étaient parvenus à la limite des bois. Ici, les arbres étaient moins hauts, avec des feuilles plates. Le sol était dénué de buissons. Quelque part au loin, Holly crut entendre quelque chose bouger dans les profondeurs de la forêt. Ils ne pouvaient pas se permettre de traîner.

— Regardez, dit-elle en tendant le doigt. (On y voyait toujours mal mais elle devinait une ligne de terre au milieu de l'herbe.) On dirait un sentier.

Marco et Petunia hochèrent la tête. S'il y avait un chemin, alors, à un moment donné, quelqu'un était passé par là. C'était le signe d'une présence autre que la nature sauvage.

Ils suivirent le sentier qui serpentait parmi les arbres clairsemés et débouchèrent rapidement dans une clairière.

Un bâtiment était niché entre les arbres. Il était haut et surmonté d'un clocher pointu, avec une fenêtre circulaire au premier étage et un escalier étroit qui menait à une large porte à double battant en bois.

Une église.

— Ouah ! fit Marco. Je croyais qu'il n'y avait que de la forêt.

Petunia fit un pas en avant, mais Holly la retint par l'épaule.

— Attends ! s'écria-t-elle en la tirant en arrière.

Devant l'église, juste sur le côté de la porte, se tenait une statue. Une fille, assise, tête baissée. C'était la première fois qu'Holly voyait la statue d'un enfant qui n'avait pas l'air effrayé. Celle-ci avait juste l'air d'avoir… renoncé.

— Passe *derrière* la statue, ordonna-t-elle.

— Hein ? (Petunia la regarda comme s'il lui avait poussé un deuxième nez.) Pourquoi ?

— Oui, insista Marco d'un air intéressé. Pourquoi ?

C'était un truc qui la tracassait. Elle l'avait remarqué la première fois, quand Max avait traversé la clairière à la poursuite d'Edmond. Et une deuxième fois avec la statue près de la grotte.

— Les yeux, expliqua-t-elle. Quand on passe devant une statue, ses yeux deviennent rouges. Comme ses yeux à *Elle.* Je pense que c'est une alarme, ou un truc du genre.

Marco et Petunia échangèrent un regard.

— Qu'est-ce que tu en penses ? demanda-t-il.

— Je pense qu'Holly est un génie, gloussa Petunia. Ou alors, c'est nous qui sommes débiles.

— Ou un peu des deux, répondit le garçon avec un grand sourire.

— C'est évident, ajouta la fille en lui donnant une tape dans le dos. C'est pour ça que jamais personne n'a réussi à traverser la clairière.

— Ouais…

Son sourire s'estompa. Il songeait sans aucun doute à son frère.

— Oh, Marco, je suis désolée, s'excusa Petunia.

— C'est pas grave. Entrons. Mais *en contournant* la statue. (Il tapota l'épaule d'Holly.) Bon travail, Hollister.

Celle-ci éprouva un sentiment étrange, comme un déjà-vu, en entendant ce surnom. Personne ne l'avait jamais appelée ainsi, elle en était certaine. Et pourtant, ça lui paraissait familier. Et normal.

Elle se souvint soudain de ce qu'Oliver avait dit : tout le monde l'oublierait. La même chose était valable pour Marco. Pour tous ceux prisonniers de cet endroit. *Tous ceux qui l'ont connu ont oublié son existence*, saisit-elle. *Moi y compris.*

Petunia se dirigea vers l'extrémité de la clairière, loin de la statue. Marco s'apprêtait à l'imiter, mais Holly l'attrapa par le bras.

— Attends, dit-elle. Est-ce que je te connais ? D'avant ? C'est pour ça que tu sais qui je suis mais que je ne me souviens pas de toi ?

— J'aurais dû me douter que tu devinerais, répondit Marco en souriant. Tu me connais, Holly. Je suis ton grand frère.

Elle le dévisagea, bouche bée.

— En vérité, je suis ton plus grand frère, ajouta-t-il d'une voix plus basse. Max… avait une minute de moins que moi.

C'était impossible. Comment pouvait-elle n'avoir aucun souvenir d'un frère ? *De deux frères jumeaux ?*

— Qu'est-ce que vous attendez ? les appela Petunia.

— Je te promets que moi aussi je meurs d'envie de discuter de tout ça avec toi, poursuivit Marco, mais entrons d'abord nous mettre en sécurité.

Il fit signe à Holly de le suivre. Elle hocha la tête, anesthésiée par le choc.

Il ressemble à maman, réalisa-t-elle soudain. Pourquoi ne s'en était-elle pas rendu compte plus tôt ? Elle revit sa mère en train de fouiller dans les placards, à la recherche de quelque chose qu'elle ne trouvait jamais. *C'était ça qui lui manquait. Ses fils.*

Ils rejoignirent Petunia en prenant bien garde de rester hors de vue de la statue. Une fois suffisamment éloignés, ils pressèrent le pas et finirent par atteindre l'entrée de l'église. Ils grimpèrent les petites marches en bois qui grincèrent sous leurs pieds et s'approchèrent de la grande porte.

— Vous croyez qu'on devrait frapper ? demanda Petunia.

— Non, répondit Marco en tendant la main vers la poignée. Je ne vois pas comment il pourrait y avoir quelqu'un ici.

Mais avant qu'il ait pu poser les doigts sur la poignée, la porte s'ouvrit en grand, l'obligeant à reculer.

Il y avait quelqu'un à l'intérieur.

17

Holly fit un bond en arrière. Deux garçons se tenaient sur le seuil de l'église.

— La statue ! dit l'un des deux d'un ton paniqué. (Il était petit et pâle, avec une paire de lunettes sales, une tignasse brune emmêlée et un tee-shirt noir.) Est-ce que vous êtes passés devant la statue ?

— Non, le rassura Holly. On l'a contournée.

Il haussa les sourcils.

— Vous avez deviné ? demanda-t-il, l'air impressionné.

— C'est elle qui a compris, expliqua Petunia en posant une main sur l'épaule d'Holly. On peut entrer, maintenant ?

L'autre garçon s'avança. Il était plus grand et ses cheveux châtains lui descendaient jusqu'aux épaules. Il portait un maillot de foot jaune et rouge et arborait un sourire arrogant. Il tenait ce qui ressemblait à un filet roulé en boule.

— George, sois poli, dit-il.

— Mais tu..., commença l'autre garçon.

— Je vous en prie, l'interrompit le deuxième. Entrez.

Ils pénétrèrent dans l'église. Holly se sentit soulagée de mettre les pieds dans un bâtiment et de ne plus être exposée à la sauvagerie des éléments.

L'intérieur était austère. Deux rangées symétriques de bancs étaient séparées par une longue allée centrale. Les murs étaient nus à l'exception d'une série de fenêtres voûtées qui se dressaient de chaque côté, le verre maculé de poussière et de crasse. Le plancher craquait sous leur poids. Tout au bout de l'église, il y avait un simple autel en bois. Deux cierges y brûlaient, diffusant un peu de lumière.

Le garçon au maillot de foot se glissa sur un banc et posa son filet près de lui. Il s'adossa et cala ses pieds sur le dossier de devant.

— Bienvenue dans notre horrible maison, dit-il en désignant les lieux. Je m'appelle Javier.

Ils se présentèrent chacun à leur tour.

Une fois la chose faite, Javier claqua des doigts.

— Faites comme chez vous. On était en train d'essayer de dormir quand on vous a entendus dehors.

Petunia se laissa tomber sur un banc. Holly resta debout dans l'allée à côté de George.

Marco, de son côté, ne perdait pas le nord.

— Je peux visiter ? lança-t-il.

Javier haussa les épaules, et Marco se mit à faire le tour de l'église.

— Vous avez faim ? s'enquit George. Ou soif ? On a des pommes. Il y a un verger pas loin. Et on prend l'eau de la rivière…

— On n'y voit rien par les fenêtres, constata Marco, qui donnait l'impression de se parler à lui-même. Tant mieux.

— Vous êtes les premiers enfants qu'on croise. Depuis combien de temps vous êtes là ? demanda George à Holly.

— Eux sont là depuis longtemps, répondit-elle en désignant Marco et Petunia d'un geste du menton. Je suis arrivée seulement aujourd'hui.

— *Aujourd'hui ? s'*étonna George. Ouah. Tu tiens bien le coup, dis donc. Moi, mon premier jour, j'étais en PLS.

— Merci, répliqua Holly. Et vous ?

— Quatre mois, expliqua George. Javier est arrivé un jour après moi. On ne s'est pas quittés depuis.

— *Quatre mois*, répéta Holly.

Elle était surprise, elle aussi. Et effrayée. Quatre mois dans cet endroit, c'était très long.

— Juste un truc, fit Javier.

Il dépassa brusquement Marco, qu'il bouscula, et se dirigea vers la porte. Il plongea la main dans la poche arrière de son pantalon et en sortit une large clé métallique. Elle faisait la taille d'un tournevis, brunie par la rouille et le temps, avec un anneau ovale au sommet et deux épais morceaux ressemblant à des dents qui dépassaient du bout.

— Ma clé. Mon église. (Javier enfonça la clé dans la serrure et la tourna. Le verrou se mit en place avec un claquement sourd.) Vous êtes évidemment les bienvenus. (Il s'inclina.) Tant que vous obéissez aux ordres.

Holly se tourna vers George.

— Il est sérieux ?

Celui-ci détourna les yeux, embarrassé.

— Pas de problème, répondit Marco.

— Vraiment ? protesta Petunia.

— On est crevés. *Je* suis crevé, poursuivit Marco. On obéira avec plaisir. Et on te remercie pour ton aide.

Javier hocha la tête et regagna sa place sur le banc.

Marco se dirigea vers Holly.

— On partira à la recherche d'Hector dès qu'il fera jour. On ferait mieux de dormir, à présent.

Il lui tapota l'épaule et s'installa sur un banc de l'autre côté de l'allée.

— George ? (Javier claqua deux fois des doigts.) Les bougies ?

Les cierges sur l'autel étaient posés sur des bougeoirs en cuivre tout simples, assez larges pour recueillir la cire. Entre eux, au centre de l'autel, était posée une bible.

George tendit la main vers la première bougie, mais Holly l'arrêta d'un geste.

— C'est une vraie ? demanda-t-elle en désignant la bible.

La couverture en cuir craquelé et usé de l'épais volume paraissait ancienne.

L'autre acquiesça. Une lueur d'excitation brillait dans son regard.

— Ouvre-la, la pressa-t-il.

Une lettre pliée était glissée au tout début, devant la page de garde. Cette dernière était bordée d'une série de petits dessins ornés, chacun dans un petit cadre. Au centre de la page était dessiné un cœur dans lequel étaient gravés le titre et une inscription.

— Regarde, fit George en désignant le bas de l'inscription.

OXFORD :
Imprimé par JOHN BASKETT,
imprimeur de Son Excellente Majesté le Roi,
et de l'Université.
MDCCXV

Holly déchiffra rapidement les chiffres romains.

— 1715.

— Oui, chuchota George. Je pense que tout ici date de cette époque. Ouvre la lettre. Je l'ai trouvée là-bas, expliqua-t-il en désignant une porte derrière l'autel.

Holly toucha le papier de la bible. Il était jauni, mais fin et lisse. Quelque chose attira son regard à l'intérieur de la couverture. Une inscription en lettres manuscrites :

Église de Covenant

— Qu'est-ce que c'est ? demanda Holly.

— Exactement ce que tu crois. Allez. Ouvre la lettre.

— Tu as du mal à éteindre les cierges, George ? grommela Javier depuis le fond de l'église.

— Ignore-le, ordonna Holly. (Ses mains tremblaient.) Tu viens d'où ?

— Covenant. (Il lui adressa un regard entendu.) Et toi ?

La jeune fille devina à son expression qu'il connaissait déjà la réponse.

— Marco ! Petunia ! cria-t-elle.

Ils s'assirent, le regard ensommeillé mais curieux.

Javier frappa le banc du plat de la main.

— La lumière ! gémit-il. Je t'ai demandé d'éteindre la lumière ! Qu'est-ce que tu ne comprends pas là-dedans ? (Il se tourna vers Marco.) Elle ne sait pas ce qu'est la lumière ?

— Qu'est-ce qu'il y a, Holly ? demanda le garçon sans prêter attention à Javier. Qu'est-ce que tu as découvert ?

Elle sourit.

— Je sais où on est.

18

Holly descendit l'allée en courant. Elle s'approcha d'abord de Javier, qui la considérait avec un scepticisme qu'il ne cherchait pas à dissimuler.

— D'où tu viens ? demanda-t-elle. De quelle ville ?

— Rhaaa ! (Il secoua la tête.) Tu ne vaux pas mieux que George.

— Est-ce que c'est Covenant ?

— Oui ! s'exclama Javier en battant des mains dans une parodie de louange. Bravo ! On vient tous de la même ville pourrie. Je peux aller dormir à présent ?

— Non seulement on *vient* tous de Covenant, expliqua Holly, mais en plus on y est *toujours.*

Elle ouvrit la bible et désigna l'inscription sur la couverture. Tout le monde se rapprocha pour voir.

— On *est* à Covenant, poursuivit-elle. On n'en est jamais partis.

— Tu vois ? fit George à l'attention de Javier. Je t'avais dit que c'était important.

Holly sortit alors la lettre pliée glissée dans le livre. Comme la bible, elle avait l'air ancienne. Ses bords étaient abîmés et les années avaient maculé le papier de taches jaunes et brunes. Elle commença à la déplier.

— Euh… fais attention, la prévint George.

— Je *sais*, répliqua Holly.

Le papier était délicat et fragile entre ses mains. Elle examina la feuille. L'écriture était fanée et difficile à lire à la faible lueur des cierges. Elle plissa les yeux et l'approcha de son visage.

La calligraphie était si précise et élégante que c'était presque une œuvre d'art. Elle remarqua que l'orthographe de certains mots était étrange, mais elle parvint cependant à les traduire sans peine.

— Qu'est-ce que ça raconte ? demanda Petunia en tendant le cou pour essayer de lire.

— Je vais la lire à voix haute.

Holly s'éclaircit la voix et commença.

Le 29 juillet 1737,
Cher pasteur Latham,

— Attends, l'arrêta Petunia. C'est aussi *vieux* que ça ?

— Continue, la pressa George.

Holly reprit sa lecture.

Je vous suis reconnaissante, comme toujours, pour la patience et la gentillesse avec laquelle vous écoutez le récit de mes malheurs. Cela ne fait qu'un mois, après *tout, depuis que vous êtes intervenu en mon nom auprès de Maître Mullins, et vous serez satisfait d'apprendre qu'il a, sur votre ordre, accepté de cesser de faire fonctionner la forge le soir.*

— Tu peux sauter cette partie, l'interrompit Javier.

— Chut. Laisse-la finir, le réprimanda Petunia. Continue, Holly.

Cette dernière adressa un sourire de remerciement à la jeune fille et poursuivit.

Tout est de ma faute, bien sûr. C'est moi qui suis contrainte d'habiter au-dessus de la modiste. Je suis tombée bien bas.

Je vous implore, une fois de plus, de faire jouer vos relations et votre bon jugement concernant mon frère. Je suis certaine que son coeur est toujours aussi bon et loyal que lorsqu'il était jeune. C'est l'influence de sa femme qui l'a corrompu et l'a monté contre moi, sa propre soeur. J'affirme, encore une fois, et en ayant bien conscience de la gravité de mon accusation, que c'est une Sorcière. J'ai eu à de nombreuses reprises la preuve de ses actes abominables.

Mais elle continue à me poursuivre. Alors qu'elle a réussi à me faire expulser de ma propre maison et qu'elle voit bien que ma réputation et mon moral sont réduits à néant, elle me harcèle. Elle prend la forme d'un corbeau et se perche près de moi. Elle a beau imiter l'oiseau, je sais que c'est elle. Je la reconnais.

Holly baissa la lettre.

— Elle se transforme en corbeau… Elle parle d'*Elle*.

— Techniquement, elle *écrit* sur *Elle*, rectifia George.

— Ne fais pas le pédant, le rabroua Holly.

Sa mère lui disait toujours ça. Elle ressentit un bref accès de nostalgie qu'elle refoula.

J'ai peur pour mon frère. J'ai peur pour ses enfants adorables et leur âme en péril. Je vous supplie d'intervenir en leur nom et au mien.

Votre très humble,
Abigail Martin

— Des enfants... répéta Marco. Vous croyez qu'elle parle d'enfants comme nous ? Prisonniers du Cache-cache mortel ? Est-ce que cette sorcière dont elle parle changeait déjà les enfants en pierre à cette époque ?

— C'est ce que je pense, répondit George. La coïncidence serait trop grande.

Holly reposa les yeux sur la lettre, qu'elle relut. Elle se sentait bizarre – à la fois coupable et euphorique – de lire les pensées personnelles d'une personne qui avait vécu il y avait si longtemps. Cette femme, Abigail, avait l'air désespérée.

— Elle dit que la sorcière a épousé son frère. Comment pourrait-elle être encore en vie des centaines d'années plus tard ?

— Et comment se fait-il qu'elle se transforme en loup ? ajouta George en haussant les épaules. Qu'elle change les enfants en statues ? *C'est une sorcière !*

Il agita les doigts comme s'il lançait un sort.

— Tout ça ne nous donne aucune information sur le Cache-cache.

Holly fronça les sourcils. C'était chouette d'avoir appris quelque chose, même si c'était vague, sur *Elle*. Mais ça soulevait encore plus de questions.

— Rhaa ! fit de nouveau Javier en enfouissant le visage entre ses mains. Déjà que George me bassinait tout le temps avec cette lettre débile !

— Elle n'est pas débile, protesta celui-ci, écarlate.

— Hé, dit Marco à Javier. C'est quoi ton problème ? Tu n'as pas envie de comprendre ce qui se passe ? Tu ne veux pas rentrer chez toi ?

— Écoutez-moi tous. Vous débarquez tout juste. (Javier leva les mains en signe d'apaisement.) Vous débarquez tout juste dans notre petite église, et vous devez savoir une chose. Ici ? On est en sécurité. Dehors ? (Il désigna la porte.) On est en danger.

— On ne peut pas rester planqués ici pour toujours, protesta Holly.

— Pourquoi pas ? ricana-t-il. On a tout ce qu'il nous faut ici. De la nourriture. Des pommes. Une rivière pleine de poissons. De l'eau potable. Tout à portée de main. Et un toit. Une porte qui ferme. Et si *Elle* parvient à rentrer (Javier se pencha sur le banc et attrapa son filet qu'il brandit comme un trophée), *Elle* aura droit à *ça* !

Holly remarqua que George était soudain très occupé à contempler le plancher sans croiser le regard de personne.

Les autres fixaient Javier comme s'il était subitement devenu fou.

Marco se tourna vers Petunia.

— Il faut qu'on sorte d'ici.

— Je suis d'accord. Dès qu'il fera jour.

— Allez-y, déclara Javier en agitant la main. Vous reviendrez. Si vous survivez. Je ne vous donne pas une demi-heure avant de revenir frapper à ma porte.

Boum ! Boum ! Boum !

La porte d'entrée trembla.

— Est-ce que… l'un d'entre vous a fait ça ? s'alarma Javier.

Boum-boum-boum-boum-boum !

La porte trembla de nouveau. Les coups devinrent plus rapides et plus frénétiques.

— Ouvrez ! hurla une voix de l'extérieur. Laissez-nous entrer !

Holly n'en crut pas ses oreilles.

— Ouvrez la porte, ordonna-t-elle. Je connais cette voix.

19

Hector tambourinait sur la porte en bois de l'église.

Un cliquètement métallique se fit enfin entendre, et la porte s'ouvrit. Un garçon plus âgé aux cheveux longs se tenait sur le seuil.

— Laisse-le entrer ! cria une voix derrière lui.

Holly.

Hector dépassa le garçon aux cheveux longs et pénétra dans l'église. Sa sœur était accompagnée d'un groupe d'enfants. Elle était trempée des pieds à la tête, ses vêtements et ses cheveux étaient en désordre, mais c'était bien elle. Sa sœur. Il l'avait retrouvée.

Il courut vers elle et l'enlaça de toutes ses forces, d'une manière qui signifiait je-pensais-que-je-ne-te-reverrais-jamais.

— Hector ! s'écria-t-elle, soulagée.

— Incroyable, commenta un autre garçon.

Il avait l'air plus âgé. Il avait mis la main sur sa bouche et donnait l'impression d'être sur le point de pleurer.

— On est contents de te voir, bonhomme, fit une fille avec les cheveux couleur arc-en-ciel.

— Oh. (Hector examina tout le monde.) Salut.

— Oui, déclara Holly. Tout le monde, voici mon frère Hector. (Elle désigna les enfants un à un.) Hector, voici Petunia, Marco, George et Javier.

Hector ne retiendrait jamais tous ces prénoms. Il s'en fichait. Il avait Holly. C'était tout ce qui comptait.

— Comment tu as fait pour me retrouver ? demanda celle-ci.

Il désigna Edmond, qui attendait toujours sur le seuil.

— J'ai rencontré quelqu'un qui m'a aidé.

Tout le monde pivota. Plusieurs laissèrent échapper un petit cri de surprise.

— C'est..., commença Petunia.

— Edmond, acheva Marco.

Hector fit un pas vers Marco. Il lui paraissait familier.

— Vous connaissez Edmond ? demanda-t-il.

Celui-ci avança, ses pieds nus laissant des traces mouillées sur le plancher. Il examina le plafond de l'église à la manière d'un propriétaire qui rentre de longues vacances.

— Est-ce que la porte arrière est verrouillée ? voulut savoir Edmond.

— Euh... on peut dire que oui, répondit George. Pourquoi cette question ?

— Oh. (Il haussa les épaules.) Hector est passé devant la statue. Je suppose qu'il faudra fuir par-derrière.

Holly blêmit. Hector ne comprenait pas. De quoi parlait Edmond ?

— Javier ! hurla Holly. La porte ! Est-ce que tu l'as verrouillée ?

— Euh…

Le garçon fouilla dans ses poches.

Un battant s'ouvrit à la volée et heurta le mur avec un craquement sourd.

Une femme entra. Elle portait une robe noire. Sa longue chevelure sombre mouillée et emmêlée recouvrait son visage, pareille à une masse de ronces épineuses.

Tout le monde se figea.

La femme dégoulinait et sa poitrine se soulevait et s'abaissait en respirations profondes. Ses yeux brillaient, donnant aux cheveux qui cachaient sa figure un éclat rougeoyant.

Des yeux rouges, comprit Hector. *Comme le loup.*

Il fallait fuir. Sortir de là.

Mais la femme bougea en premier.

Elle renversa la tête en arrière, repoussant ses cheveux. Elle marcha vers eux d'un pas lent, presque élégant. Elle leva une main et la tendit vers eux, non pas pour les menacer, mais comme si elle s'attendait à ce qu'ils la prennent.

George et Petunia reculèrent en trébuchant. Holly attrapa Hector par le bras pour l'attirer à elle. Le garçon plus âgé, Marco, se plaça devant eux. Edmond était déjà au fond de l'église, en train de disparaître dans la pièce derrière l'autel.

Javier fit un bond en avant.

— Aaaaah ! cria-t-il.

Il lança son filet dans l'air. Ce dernier se déploya à la façon d'une toile d'araignée, vola au-dessus de la femme et atterrit sur sa tête.

Le filet s'enroula. Elle essaya de s'en débarrasser, mais l'un de ses bras glissa dans un trou, l'emprisonnant. Elle trébucha en avant et tomba à genoux. Elle se secoua pour tenter de se libérer et ses mouvements devinrent de plus en plus frénétiques.

— Ça ne la retiendra pas longtemps, commenta Holly.

Javier s'empara de l'extrémité du filet. Il tira dessus et essaya de la bloquer sur le sol.

— George ! hurla-t-il. George, aide-moi !

— Javier, arrête ! cria celui-ci en reculant. Lâche ce satané filet !

Marco attrapa Holly et Hector par le bras.

— Fichons le camp, dit-il. Tout de suite.

— George ! appela Javier. Reviens ! Viens m'aider, espèce de lâche !

La femme en noir tremblait sous le filet. Ses spasmes étaient rapides et violents, telles les vibrations frénétiques des ailes d'une sauterelle. Elle renversa la tête en arrière, exposant son cou.

Puis elle mua.

Son enveloppe extérieure – sa peau, ses cheveux, ses vêtements, tout – perdit sa couleur et se craquela. On aurait dit une fleur qui éclot et se fane en même temps. De l'enveloppe vide de la femme émergea un serpent.

Ses écailles étaient d'un noir brillant, ses yeux rouge vif et ses crocs prêts à mordre.

Le serpent se glissa facilement entre les mailles du filet.

— COUREZ ! hurla Marco.

Mais c'était trop tard.

20

Le serpent se ramassa sur lui-même puis se jeta sur Javier tel un ressort. À mi-vol, il sembla exploser et se métamorphosa en un instant, redevenant une femme. Elle atterrit sur le garçon qui tomba à terre. Elle plaça une main sur son visage et l'agrippa comme pour attraper un ballon.

Javier ouvrit la bouche mais n'eut pas le temps de crier. Sa figure s'était déjà transformée en pierre.

— NON ! hurla George.

Puis tout son corps devint gris, semblant lentement recouvert par une couche de cire fondue. Il était étendu sur le dos, immobile, les bras écartés, impuissant. En quelques secondes, c'était devenu une statue sans vie, l'air figé dans une expression de choc paniqué.

La femme en noir s'effondra. Elle tomba à genoux, le front contre le sol, presque en position de prière. Holly se souvint l'avoir vue faire la même chose quand elle avait changé Max en pierre. Transformer les enfants en statues n'était pas sans conséquence. Ça semblait l'épuiser.

— Qu'est-ce… qu'est-ce qui se passe ? bafouilla Hector, les yeux écarquillés, horrifié.

Holly se rendit compte que c'était la première fois qu'il *la* voyait agir, mais l'heure n'était pas aux explications.

— Fichons le camp, dit-elle. *Tout de suite.*

Marco voulut contourner la femme en noir pour gagner la porte. Elle plongea vers sa jambe, le manquant de peu.

— Hector ! cria Edmond.

Il était au fond de l'église, derrière l'autel, devant une porte ouverte.

Elle rampa en avant, les doigts écartés comme des griffes. Impossible de s'échapper par-devant. Ils n'avaient pas d'autre choix que de suivre Edmond.

— Allons-y ! s'écria Holly.

Elle recula, prenant Hector avec elle.

George resta figé, refusant de bouger.

Petunia s'approcha de lui et l'attrapa par le bras.

— Il faut le laisser. Viens.

Il se laissa entraîner sans quitter Javier des yeux.

Ils remontèrent l'allée en courant vers le fond de l'église. Marco claqua la porte derrière eux. Il batailla avec la poignée.

— Il n'y a pas de clé, déclara-t-il.

La pièce était minuscule. Elle contenait un bureau en bois dans un coin et une armoire posée contre le mur du fond. Sur un autre mur s'ouvrait une deuxième porte qui menait certainement dehors, mais une immense bibliothèque vide la bloquait, empêchant toute sortie.

— Ce meuble constitue un problème, remarqua Edmond, comme si leur situation était un défi à relever et non une question de vie ou de mort.

Marco essaya de le déplacer.

— C'est trop lourd, constata-t-il.

Petunia s'approcha pour l'aider et ils tirèrent dessus, le visage rougi par l'effort.

— Tout le monde ! dit-il entre ses dents. Aidez-nous !

Ils se précipitèrent tous à la rescousse. Tous sauf Edmond, qui se tenait à l'écart et les observait, la tête penchée.

Holly s'accrocha à une étagère et poussa de toutes ses forces. Le bois était épais et massif, mais le meuble commençait à bouger.

— Un… peu… plus, articula Petunia sans desserrer les dents.

Holly finit par sentir le poids de la bibliothèque s'infléchir : le haut s'écarta de la porte. Pendant un instant, le meuble resta en équilibre sur le bord, puis bascula en avant et percuta le sol, atterrissant avec fracas.

— Allons-y ! haleta Holly. Vite !

Edmond fut le premier devant la porte. Il la tira mais elle ne s'ouvrit que de quelques centimètres avant de percuter quelque chose de solide. La base de la bibliothèque qui venait de tomber bloquait toujours la porte. L'ouverture était très étroite, ne leur permettant de s'y couler que chacun à son tour.

Edmond se faufila dans l'entrebâillement sans un regard en arrière. Avant que les autres aient eu le temps de bouger, un bruit sourd leur parvint de derrière.

La sorcière était entrée dans la pièce.

Elle s'appuyait contre le mur d'une main. Elle paraissait encore faible, pas tout à fait remise, mais avançait vers eux. Elle tendit un bras, ouvrant et refermant les doigts pour les attraper. Elle était là, juste devant eux : ils ne pourraient pas tous fuir.

Marco se tourna vers Holly et Hector.

— Veillez l'un sur l'autre, dit-il.

— Quoi ? fit la fille.

Marco lui adressa un regard doux et presque désolé.

Il ressemble tellement à maman, songea-t-elle.

— Et… cette fois, ne nous oubliez pas. (Il fit un clin d'œil presque imperceptible à l'attention d'Holly.) D'accord ?

Puis il courut vers *Elle.* Il lui bondit dessus et la renversa.

— BARREZ-VOUS ! hurla-t-il. BA…

Ses derniers mots furent avalés par la pierre.

21

— Marco ! hurla Petunia.

— Venez. (George tira Holly et Hector, trop sidérés pour bouger.) Qu'il n'ait pas fait ça pour rien !

Derrière eux, la sorcière frissonna et gémit. Elle était toujours à terre, à côté de la statue de Marco. George poussa Hector dans l'étroite ouverture et le suivit.

— Il faut le laisser.

Petunia avait les yeux pleins de larmes. Elle prit Holly par la main et l'entraîna vers la porte.

Une petite marche surplombait l'herbe et Holly faillit trébucher en sortant. Aussitôt que Petunia et elle furent dehors, George claqua la porte derrière elles.

Il faisait toujours nuit. La pluie avait cessé et le ciel était illuminé par un océan d'étoiles et la pleine lune. Ils se trouvaient dans un endroit entouré d'une clôture, derrière l'église. Le sol disparaissait sous les herbes hautes qui poussaient entre des tombes.

Un cimetière.

Edmond leur faisait face. Son attitude était étrangement calme, comme si rien d'extraordinaire ne s'était produit.

— *Elle* ne va pas tarder à sortir, déclara-t-il. (Il haussa les sourcils et esquissa un sourire.) On devrait se cacher.

Quelque chose frappa contre la porte arrière de l'église. Ils entendirent un grattement, semblable à des ongles griffant le bois.

— C'est *elle*, murmura Petunia d'une voix tremblante.

— Par ici, lança Edmond. (Il s'enfonça dans le cimetière en laissant échapper un petit gloussement.) J'ai un secret. Hector le connaît.

Holly lança à son frère un regard qui signifiait mais-qu'est-ce-qu'il-dit-bon-sang.

— C'est bon, fit Hector. Je crois savoir de quoi il parle.

Ils suivirent Edmond. Il avançait tête baissée parmi les tombes éparpillées en rangées inégales. Les noms et les dates sur les stèles avaient été effacés par le temps, mais certains étaient encore lisibles. Un prénom : *Constance.* Une date de naissance : *1699.*

Un grognement guttural s'éleva derrière eux, suivi du *boum-boum* de quelque chose de lourd que l'on déplaçait derrière la porte.

— On y est, déclara Edmond en s'accroupissant près d'une tombe.

Elle portait un nom. *Thaddeus Vallens.* Et deux dates. *1702-1739.* Le sol devant la stèle était couvert de feuilles et de branchages.

Edmond se baissa et ramassa le tas de branchages en un seul geste. Holly comprit qu'ils étaient attachés ensemble pour dissimuler un trou large et sombre.

On aurait dit une tombe.

Le garçon se glissa dans le trou et disparut.

— Il veut qu'on se cache *là-dedans* ? déglutit Petunia. Dans la *tombe* de quelqu'un ?

Avant qu'Holly ait eu le temps de répondre, un hurlement glaçant emplit l'air. Elle leva les yeux : ce qu'elle craignait s'était réalisé. *Elle* était sortie de l'église, sous sa forme de loup, et ses yeux rouges luisaient.

Ils se précipitèrent dans le trou. L'espace n'était pas assez grand pour eux tous et ils atterrirent les uns sur les autres, formant un tas de membres transpirants et emmêlés. Edmond parvint à tendre la main pour rabattre les branchages sur leurs têtes.

L'air était tiède et suffocant. Des corps se pressaient contre Holly, l'obligeant à s'adapter et se déplacer. La fille perdit l'équilibre et tomba sur le dos de quelqu'un. Elle tendit le bras pour se rattraper, et sa main toucha quelque chose de lisse et de solide.

Un os.

Venait-elle de toucher le crâne de quelqu'un ? Les restes de Thaddeus Vallens ? Elle ravala une envie urgente de hurler.

Des sons leur parvinrent de dessus. Des pattes sur l'herbe. Le grondement continu d'une bête en chasse.

Elle est juste au-dessus de nous. Holly sentit la sueur couler sur sa joue. Elle entendait quelqu'un – Hector ? George ? – respirer de manière précipitée. *Si je peux les entendre, elle aussi*, songea Holly, mais elle n'osa pas les prévenir. Elle ne pouvait pas parler ; elle pouvait juste rester blottie dans le noir et la terre en espérant qu'*Elle* ne les trouverait pas, en priant pour n'avoir pas rampé dans sa propre tombe.

Des griffes grattèrent la terre. Un branchage tomba et atterrit sur le dos d'Holly.

Puis autre chose. Un bruit assourdi, tout près. Quelqu'un sifflait. C'était un air lent et triste dont chaque note s'éternisait, aspirant ardemment à être relâchée pour dévoiler celle qui suivait.

Qui ça peut bien être ? se demanda Holly.

Ils entendirent ensuite un bruissement d'ailes qui battaient, suivi de l'appel d'un corbeau dans la nuit.

Edmond se redressa et repoussa le bouchon de feuilles.

— Ah ! fit-il en scrutant le ciel.

Il avait l'air content.

Holly se dégagea des autres et ils se frayèrent tous rapidement un passage hors de la tombe.

— Pire. Cachette. Du. Monde, grommela Petunia.

Ils se rassemblèrent autour de la stèle, s'époussetèrent, et Edmond reboucha de nouveau le trou. Petunia et Hector jetaient des coups d'œil inquiets autour d'eux, mais George avait le regard rivé sur l'église.

— On devrait y retourner, dit-il.

— Hein ? Quoi ? lâcha Holly. C'est de la folie.

— Non, c'est un endroit sûr, rétorqua George. On a survécu des *mois* dans cette église ! (Il ôta ses lunettes et se couvrit les yeux.) Oh, non… *On*. Javier. Je n'arrive pas à croire…

Petunia s'approcha de lui et posa doucement une main sur son épaule.

— Je suis désolée. (Elle lança un regard compatissant à Holly.) On comprend ce que tu traverses.

Ce fut au tour d'Holly de jeter un regard triste en direction de l'église. Marco était dedans. Elle l'avait perdu, juste après avoir appris qui il était. Elle avait tant de questions à lui poser… Elle ne pouvait cesser de penser à ses dernières paroles. *Ne nous oubliez pas, cette fois.* Elle ressentait un vide en elle, comme si on lui avait volé quelque chose de précieux – de vital, même.

Et pas seulement à elle. À Hector, aussi.

Ce dernier s'approcha d'elle, l'air inquiet.

— Ça va ?

Comment était-elle censée lui expliquer tout ça ? Comment lui dire qu'il avait des frères dont il avait perdu tout souvenir ? Et maintenant, ils avaient disparu.

— Non, rétorqua-t-elle. Ça ne va pas du tout. Je sais juste que je ne veux pas rester ici une seconde de plus.

George repoussa la main de Petunia.

— Où aller, alors ? Où sera-t-on en sécurité ?

— J'en sais rien ! (Holly leva les bras.) On est à Covenant, pas vrai, il doit bien y avoir plus qu'une église ?

— Évidemment, intervint Edmond. *Bien plus.*

Tout le monde se tourna vers lui.

— Comment ça ? demanda Holly.

— Le village est dans cette direction, répondit-il en désignant la forêt. (Il sourit.) Vous voulez y aller ?

22

Le matin finit par poindre. Debout sur une colline herbeuse, Holly regardait le soleil se lever à l'horizon. La colline surplombait un petit village. Edmond avait dit la vérité. L'église n'était pas le seul bâtiment.

— Covenant, commenta-t-elle.

C'était surréaliste de voir cette version coloniale de sa ville natale. Une large pelouse, qui devait être une partie commune, s'étalait au centre. Deux artères pavées s'étiraient en parallèle de chaque côté de la prairie. Des bâtiments massifs en brique bordaient les rues – des boutiques ou des maisons pittoresques, devina Holly, la plupart avec des lucarnes qui dépassaient sous des toits inclinés. Au-delà du village s'étendaient des champs et des pâturages envahis par les mauvaises herbes. La rivière – la même que celle qui s'était montrée si violente pendant l'orage – courait derrière le village et formait un arc de cercle dans le bois.

À côté d'elle, Hector essaya en vain de réprimer un bâillement. C'était contagieux, et Holly et les autres se mirent rapidement à bâiller aussi.

Le trajet à travers la forêt depuis l'église avait été difficile et épuisant. Ils avaient avancé lentement. Avant de partir, George les avait conduits vers le verger qu'il avait mentionné plus tôt. Tout le monde avait mangé, sauf Edmond. Hector avait dévoré avec bonheur trois pommes et ils en avaient tous emporté une ou deux avec eux.

Après leur collation, ils avaient suivi Edmond dans les bois. Il faisait toujours nuit, mais ça n'avait pas l'air de perturber du tout l'enfant gris, à la grande surprise de George.

Ce dernier s'était montré pénible au départ. Il avait insisté pour savoir qui était cet Edmond et pourquoi il en savait autant. Petunia lui avait murmuré quelque chose à l'oreille. Ce qu'elle avait dit l'avait calmé, même s'il avait continué à arborer un air sceptique.

Ils s'étaient déplacés avec prudence au milieu des arbres et des buissons en prenant bien garde de faire le moins de bruit possible. Holly avait insisté pour qu'Hector lui tienne la main tout du long. Il avait protesté, mais il était hors de question qu'elle le perde une nouvelle fois.

Elle ne lui avait toujours rien dit à propos de Marco et de Max. Elle aurait aussi aimé en savoir davantage sur ce qu'il faisait avec Edmond et sur ce qu'il avait appris sur le mystérieux enfant gris, mais elle ne pouvait pas poser de questions devant ce dernier, qui ne s'éloignait jamais beaucoup d'Hector.

— Regardez l'architecture, dit George, tirant la fille de ses pensées. C'est l'époque coloniale.

Holly lui sourit pour exprimer son accord. La chaleur et la lumière se répandaient dans le village, sauf, remarqua-t-elle, à un endroit à l'extrémité de la prairie. Là flottait un énorme nuage de brouillard. Il était gigantesque et épais, tel un immense mur de vapeur faisant obstacle au reste du village.

Edmond avait les yeux rivés sur la nappe cotonneuse.

— Qu'est-ce que c'est ? demanda Holly.

— Je… je n'aime pas le brouillard, répondit-il.

Elle hocha la tête comme si ça expliquait tout. Ils n'avaient pas fermé l'œil de la nuit et elle était trop épuisée pour penser à autre chose qu'à dormir. Elle n'était pas la seule. Petunia se frottait les yeux, voûtée. George trébuchait sur place, rester debout semblait lui demander trop d'effort. Hector regardait dans le vide : il fermait lentement les yeux puis les rouvrait brusquement toutes les deux secondes.

— On devrait trouver un endroit où se reposer, suggéra Holly. Juste un petit moment.

Tout le monde acquiesça et ils descendirent la colline en direction du village. Ils parvinrent devant une boutique en brique de plain-pied. Ses fenêtres étaient recouvertes de saleté, pareilles à celles de l'église. Des toiles d'araignées pendaient aux coins de la vitrine. Une enseigne était suspendue au-dessus : CORDONNIER.

George scruta par la vitrine.

— Tout est tellement… vieux. De plusieurs centaines d'années.

— Tu crois qu'on a voyagé dans le passé ? demanda Petunia.

— Pas exactement, répondit George. Je pense qu'on est dans un genre d'autre dimension.

— Hein ? s'étonna Petunia, les mains sur les hanches.

— Comme si quelqu'un avait placé notre ville, Covenant, dans une bulle au XVIIIe siècle. Et il y a deux Covenant. L'une a évolué normalement. C'est la nôtre. Mais il y a aussi celle-ci, qui n'a pas changé depuis trois siècles.

L'explication de George fut accueillie par le silence.

— Je lis beaucoup de BD, avoua-t-il en haussant les épaules.

— Edmond ? (Holly se tourna vers lui.) C'est toi qui es là depuis le plus longtemps, pas vrai ? Qu'est-ce que tu en penses ?

Edmond fronça les sourcils, perplexe.

— C'est le Cache-cache.

Petunia s'approcha d'eux.

— Tu sais où on devrait aller ensuite ? Est-ce qu'on est près de chez nous ?

Une expression d'agacement traversa le visage du garçon en entendant « chez nous » mais elle disparut rapidement. Il observa la masse brumeuse à l'extrémité de la ville.

— On devrait… attendre.

Hector s'avança vers la porte de la boutique du cordonnier et tenta de l'ouvrir.

— C'est fermé.

— Attends, intervint Holly. George, tu te rappelles la lettre dans la bible ? Celle d'Abigail ?

— Euh, *oui*, dit-il. C'est moi qui l'ai trouvée.

— La modiste ! On devrait la chercher.

— Bien sûr ! approuva George en claquant des doigts.

— C'est quoi, une modiste ? demanda Hector.

— De nos jours, on appellerait ça une marchande de chapeaux, expliqua George. Sauf queeeeee…

— À cette époque, les modistes vendaient plus que ça, ajouta Holly.

George lui sourit et brandit le poing pour un check.

— Je vois que je ne suis pas le seul à suivre en cours d'Histoire.

Hector leva les yeux au ciel.

Ils trouvèrent la boutique de la modiste tout près de là. Holly vérifia : elle était bien près de la forge, exactement comme Abigail le disait dans sa lettre. Cette fois-ci, la porte était ouverte et ils se ruèrent tous à l'intérieur.

Les murs de l'échoppe étaient recouverts de chapeaux et de bonnets décorés de rubans et de dentelles. Des robes étaient aussi exposées avec des jupons en dentelle, des tabliers, des tours de cou à volants – tous les vêtements qui composaient l'essentiel de la garde-robe féminine de cette époque. Tout était taché, bruni par l'âge et recouvert d'une épaisse couche de poussière.

— Beurk, fit Petunia en reniflant.

L'endroit sentait la moisissure du tissu qui avait lentement pourri au fil des siècles.

Hector se laissa tomber par terre, les bras écartés. George l'imita aussitôt.

Holly avait envie d'explorer, de chercher tout ce qu'Abigail avait pu laisser derrière elle, mais elle était épuisée. Elle s'allongea sur le sol. Ce n'était pas vraiment confortable, mais ils avaient un toit au-dessus de la tête et rien ne les pourchassait. Pour le moment, du moins, Holly pouvait se détendre.

— Attendez, fit Petunia. (Elle se précipita vers les étagères et revint avec une brassée d'étoffes qu'elle lança à terre.) Des couvertures, expliqua-t-elle en souriant. Ou presque.

— Bonne idée, répondit George en en attrapant une.

Ils en prirent chacun une, s'enroulèrent dedans et se mirent à l'aise. Tous sauf Edmond, qui plia la sienne avec soin et s'assit dessus en tailleur, le dos bien droit.

— Bon sang, constata Petunia. Je n'ai pas dormi avec une couverture depuis je ne sais quand. (Elle gloussa.) Depuis qu'Oliver s'est pointé et m'a enlevée. J'ai été bien punie pour avoir frimé finalement. Je *savais* que je pouvais trouver une cachette dans laquelle mes cousins ne me trouveraient jamais. Devinez quoi ? Ils ne m'ont jamais trouvée ! Ils ont arrêté de me chercher. (Elle fit un petit *tss* de la langue pendant que les autres s'installaient.) Et toi, George ? Comment ça s'est passé pour toi ?

George ajusta ses lunettes en rougissant. Ça lui arrivait souvent.

— Pendant mon anniversaire. Je me suis caché sous mon lit et, euh… je me suis endormi.

— Hein ? fit Petunia en riant.

— J'étais crevé, répliqua-t-il en haussant les épaules. J'avais mangé beaucoup de gâteau.

Elle éclata de rire, mais Holly était incapable de l'imiter. Elle devinait ce qui allait suivre. Ils allaient lui demander comment elle avait atterri là. Elle regarda son frère. Il ne souriait pas non plus.

— Edmond, l'interpella Holly pour retarder l'inévitable autant que possible. Comment tu t'es retrouvé ici ?

— Je pense…, répondit-il, son regard gris perdu dans le vide. Je pense que j'ai toujours vécu ici. Je n'aime pas en parler. Ça ne m'amuse pas.

En entendant ça, Petunia se redressa. Holly se souvint. *C'est pour ça qu'il a abandonné Marco, Max et Petunia. Il a dit qu'il ne s'amusait pas.*

— Ne t'inquiète pas, Edmond, affirma Petunia en lui lançant un regard noir. Tu n'as pas besoin de répondre. Et vous deux ? (Elle tendit le doigt vers Holly et Hector.) Vous êtes arrivés ensemble, pas vrai ? Comment ça s'est passé ?

Hector fronça les sourcils en secouant la tête, sans quitter sa sœur des yeux.

En voyant ça, Holly sentit la colère l'envahir. Il ne pensait toujours qu'à lui. Pourquoi ne devrait-elle pas raconter ce qui s'était passé ?

— Hector et ses potes m'ont fait une mauvaise blague pour que je joue à cache-cache, dit-elle. Puis ils m'ont abandonnée dans le parc.

— Holly ! s'écria son frère.

— Quoi ? C'est la vérité.

Hector lui avait tellement manqué quand ils avaient été séparés. Elle avait eu peur de l'avoir perdu à jamais. Mais ça ne voulait pas dire qu'elle n'avait pas le droit d'être furieuse. *Bien sûr* qu'elle l'était encore.

Celui-ci repoussa sa couverture.

— Ce n'est pas si simple.

— Si, rétorqua Holly. Je suis ici et c'est ta faute. Tu vois ? C'est simple !

— Je suis ici, *moi aussi*, gémit-il.

— C'est ta faute.

— Rhaa.

Il se leva, attrapa sa couverture et gagna d'un pas fâché l'autre bout de la boutique. Il se recroquevilla dans un coin, le dos tourné aux autres.

— Hector ! l'appela Petunia.

— Laisse-le bouder, souffla Holly.

— Oh, allez. C'est ton frère.

— Je m'en fiche. (Elle leva les yeux au ciel.) On devrait se reposer.

Edmond se leva et se dirigea vers le fond de la boutique, près d'Hector. Il ne dit rien mais s'assit dos à lui, face aux autres. Comme s'il montait la garde.

Petunia et George échangèrent un regard puis baissèrent la tête.

Le silence s'installa.

Holly ferma les yeux. Elle ne comprenait pas pourquoi Hector était si contrarié. Il savait ce qu'il avait fait.

S'il ne voulait pas qu'elle en parle, il n'avait qu'à ne pas agir comme ça.

L'épuisement finit par avoir raison d'elle. Alors qu'elle se laissait gagner par le sommeil, les paroles de Petunia résonnèrent dans son esprit : *C'est ton frère.*

Oui. C'était son frère.

C'était bien pour ça que ça faisait mal.

23

Une main froide secoua Hector pour le réveiller.

— Hein ? Holly ?

Il ouvrit les yeux. Ce n'était pas Holly.

Edmond était penché sur lui, un doigt sur les lèvres. Il désigna la porte puis lui fit signe de le suivre.

Hector se leva et lui emboîta le pas. Ils dépassèrent Petunia et George, qui étaient toujours allongés sur le sol, cramponnés à leurs couvertures de fortune. Il ne vit pas Holly, cependant. Il essaya de ne pas s'inquiéter. *Elle est certainement allée faire pipi quelque part*, se dit-il. Elle ne l'abandonnerait jamais, même si elle était furieuse après lui.

Edmond ouvrit la porte sans bruit et les deux garçons se faufilèrent dehors.

— Parle tout bas, ordonna l'enfant gris. Je ne veux pas réveiller les autres.

Hector plissa les yeux. Le soleil était haut dans le ciel.

— Bon. Qu'est-ce qui se passe ? C'est Holly ?

— Dans un sens. (Edmond s'inclina devant lui en un salut formel.) Es-tu prêt à te mettre en route ?

— Hein ?

— On a retrouvé ta sœur. Maintenant, on peut jouer à un nouveau jeu.

Hector crut d'abord qu'il plaisantait, mais il arborait un air tout à fait sérieux.

— Edmond, dit-il. Je ne comprends pas de quoi tu parles. On ne *joue* pas. On essaie de rentrer chez nous.

— Je *savais* que tu dirais ça, s'offusqua l'enfant gris. Pourquoi tout le monde ne veut-il que ça ?

— *Pourquoi ?* postillonna Hector. Pour ne pas finir en statues ? Pour revoir nos familles ? (Il soupira.) Pour qu'Holly ne me déteste plus… ?

— Ta sœur, grimaça Edmond. Tu te querelles avec elle.

— Ha. Oui. On se *querelle.* (Hector rit. L'autre parlait vraiment étrangement.) Elle était obligée de raconter à tout le monde que j'ai foiré ? Pas grave.

— Elle te *contrarie.*

— Elle pense qu'elle vaut mieux que moi. *Tout le temps.* J'aimerais que juste une fois… (Hector s'interrompit. Quelque chose lui revenait en mémoire.) Hé, tu connais le chemin pour rentrer, pas vrai ? C'est ce que tu m'as dit quand on s'est rencontrés.

Edmond se contenta de le dévisager. C'était bizarre.

— Tu crois que tu pourrais me dire où il est ?

Si Hector trouvait le chemin pour rentrer, ça *réparerait tout.* Il serait un héros et Holly lui pardonnerait.

— Si je te le dis, tu vas partir, déclara Edmond.

— Euh, oui. C'est l'idée.

Un nuage passa sur le visage du garçon. Ses yeux gris fixes bouillonnèrent de fureur.

Soudain, son attitude changea. Il sembla comprendre. Il se mit à hocher la tête comme s'il acceptait quelque chose. Puis il esquissa lentement un sourire crispé.

— D'accord, je vais t'aider, déclara-t-il. Je vais t'expliquer exactement ce qu'il faut faire.

24

18 août 1737
Chère Abigail,

J'espère que cette lettre te trouvera d'une humeur plus sereine et plus agréable que lors de notre dernière entrevue. Venir au manoir sans y avoir été invitée constituait déjà en soi un manquement à l'étiquette. Ton attitude belliqueuse à l'égard de ma femme est inacceptable ; tes accusations de sorcellerie sont infondées ; et ton hystérie est une gêne pour tout le monde.

J'ai négocié un sursis pour ton appartement au-dessus de la modiste. Cet arrangement prendra fin dans trois mois. Passé ce délai, ton destin est entre tes mains.

Tu trouveras dans cette missive une petite somme d'argent. Je m'attends à ce que tu la dilapides, mais j'espère quand même que tu t'en serviras pour trouver une position plus stable au sein de la communauté. Je t'ai aussi fait parvenir une tisane pour calmer tes nerfs que mon épouse a concoctée pour toi. Elle ne contient aucune trace de sorcellerie. Les ingrédients sont tous naturels et saupoudrés d'une pincée de générosité et de bonne volonté, qualités qui te font cruellement défaut. Je ne reconnais plus en toi la compagne joyeuse de ma jeunesse.

Ce sont les derniers mots que je t'adresserai.

Celui qui n'est plus ton frère.
Oliver

Parvenue à la fin de la lettre, Holly s'attarda sur la dernière ligne. *Était-ce réellement possible ?* se demanda-t-elle. *Avait-il vraiment coupé définitivement les ponts avec sa sœur ?* Elle relut le courrier en entier.

Elle s'était réveillée avant les autres, trop impatiente à l'idée de fouiller la boutique à la recherche d'un objet qu'Abigail aurait laissé derrière elle. Elle s'était déplacée sans faire de bruit et avait trouvé un étroit escalier en bois menant à un petit appartement au premier étage.

La pièce était encombrée de tissus et de matériel de couture, dont un antique rouet qui portait encore une grande quantité de fil. Il y avait un petit berceau au fond de la chambre, sous lequel Holly dénicha une pile de lettres. La plupart étaient sans intérêt ou ne contenaient rien de nouveau. Elle tomba sur la réponse du pasteur à la lettre qu'Abigail lui avait envoyée, mais il se contentait de citer abondamment la Bible.

Cette missive, cependant, était l'indice qu'elle cherchait. Le manoir. La demeure de la sorcière. Holly était prête à parier que cet endroit contenait d'autres indices, voire le chemin du retour, si c'était bien là que vivait la magicienne.

Et puis il y avait la signature.

Celui qui n'est plus ton frère, Oliver.

Quelle était la probabilité pour qu'il s'agisse d'un autre Oliver ? Un Oliver marié à une sorcière ? Une sorcière capable de se transformer en corbeau ?

Oliver avait épousé la femme en noir. C'était le mari d'*Elle.*

Holly entendit des voix au rez-de-chaussée. Les autres étaient enfin réveillés. Elle était impatiente de partager sa découverte avec eux. Elle descendit l'escalier quatre à quatre, la lettre à la main.

— Mais pourquoi est-ce qu'Edmond te l'a dit ? demandait George à Hector. Pourquoi est-ce qu'il ne nous y conduit pas lui-même ?

— Il ne vous aime pas beaucoup, répondit l'autre. Désolé.

Petunia fronça les sourcils.

— Je *savais* que ça se passerait comme ça.

Holly les rejoignit.

— Qu'est-ce qui se passe ?

Petunia croisa les bras et lança un regard noir à Hector.

— Edmond est parti.

— Il est parti ? Pourquoi ? Où ?

Hector tourna sur lui-même, triomphant. Il rayonnait de fierté.

— Il m'a expliqué où aller ! Il m'a dit comment faire pour rentrer *à la maison* !

— Laisse-moi deviner, déclara Holly. Il faut passer par le manoir.

George et Petunia la dévisagèrent, bouche bée. Hector leva les yeux au ciel et marmonna dans sa barbe.

— Comment tu le sais ? s'étonna George.

Holly déplia la lettre d'Oliver.

— J'ai trouvé ça là-haut. Regardez.

George s'empara de la lettre et la lut à haute voix. Petunia et lui se montrèrent aussi choqués qu'Holly.

— Oliver est marié avec *Elle* ? fit Petunia. Beuuurk !

— Ça confirme qu'ils vivaient dans le manoir, constata George. C'est aussi l'histoire que nous a racontée Hector.

— Ce n'est pas une *histoire*, se défendit ce dernier. C'est la vérité. Edmond me l'a *dit*. Et il m'a dit aussi que la sortie était dans la fontaine. Cette information n'est *pas* dans la lettre.

— Attends, comment ça, la *sortie* ? demanda George.

— Le chemin de la *maison* ! s'exclama Hector, exaspéré.

Holly reporta son attention sur son frère.

— Est-ce qu'il t'a expliqué ce qu'il fallait faire une fois à la fontaine ?

Hector se rembrunit.

— Non.

— Est-ce qu'il t'a dit où elle était ?

— Non.

— Est-ce que tu le lui as demandé ?

— Non.

— Et pourquoi tu n'as pas demandé ?

— J'en sais rien ! s'écria Hector. Pardon de ne pas avoir tout fait *à la perfection* !

Tout le monde le dévisagea. Sa colère fit rapidement place à de l'embarras.

— Euh… bon travail, déclara George dans une tentative maladroite de briser le silence. Tout le monde. Très bon boulot.

Ils décidèrent de partir tout de suite pour profiter de ce qui restait du jour. Ils ignoraient ce qui les attendait au manoir, et ils tombèrent d'accord sur le fait qu'il serait trop risqué de s'en approcher de nuit.

Ils mangèrent les pommes qui leur restaient en guise de petit-déjeuner et quittèrent la boutique. D'après la position du soleil, l'après-midi était bien avancé. Le temps était frais comme au début du printemps, mais tout était gris et terne. Même le soleil semblait tamisé ; sa lumière était faible et blême, presque voilée. Holly eut l'impression qu'ils venaient de pénétrer dans une zone d'ombre et que, telle une ombre, un voile obscur les enveloppait et les suivait sans relâche.

Le manoir, d'après Hector, était au bout de la rue, devant la grande pelouse. Mais s'il y avait une habitation à cet endroit, elle était cachée par le mur de brouillard qu'Holly avait remarqué un peu plus tôt. Il planait devant eux pareil à un nuage noir et s'étirait sur tout le village, les champs et la forêt au-delà.

À la lisière de la brume inquiétante, ils aperçurent une carriole vide et abandonnée.

— C'est…, commença George en tendant le doigt vers elle.

— Oliver, acheva Holly. Il ne doit pas être bien loin. (Elle ignorait ce qu'il faisait là et n'avait aucune envie de le savoir.) On devrait se grouiller de trouver le manoir.

— Je refuse de traverser ce brouillard, protesta Hector. Edmond en avait peur.

— On peut chercher un chemin pour le contourner, suggéra George.

Holly s'en approcha avec prudence. Le brouillard était fascinant. Il tournoyait et se déplaçait, comme pris d'inquiétude. Presque vivant. On y devinait des ombres noires à l'intérieur, des ombres pareilles à des gens qui les appelaient en agitant les bras.

— Holly, fit George. Attention. Recule.

— D'accord, répondit-elle sans bouger.

Et s'il est impossible de le contourner ? songea-t-elle. Il faudrait bien qu'ils le traversent. Ils perdraient juste du temps, et la lumière du soleil.

— Holly ! cria George.

Une volute de brume s'était déployée comme un tentacule et s'enroula autour d'Holly. Elle sentit qu'on cherchait à l'attirer en avant.

— Au secours ! hurla-t-elle.

George, Petunia et Hector se précipitèrent vers elle. Ils l'attrapèrent et essayèrent de la tirer en arrière. Mais le brouillard qui l'avait encerclée se divisa. Il se répandit et les enveloppa. En quelques instants, il les recouvrit tous les quatre.

Puis tout devint froid, perdu et d'un noir infini.

— Qu'est-ce que tu as fait ? cria Hector.

— Rien ! hurla Holly en retour.

Mais le brouillard tournoyait et sifflait autour d'eux, avalant ses paroles, avalant tout.

Il finit par s'éclaircir et s'ouvrit en deux comme le rideau au début d'une pièce de théâtre.

Holly se rendit alors compte qu'ils n'étaient plus dehors mais dans une maison. Plus précisément, dans un couloir. Une photo était accrochée au mur.

Une photo qu'elle aurait reconnue entre mille.

25

Holly fixa le cliché. Il y avait Hector, qui glissait de son siège. Holly, qui faisait la tête. Papa et maman, avec leurs sourires coincés. Et deux garçons qui arboraient le même air satisfait.

Marco et Max.

— Qu'est-ce qui s'est passé ? (George tourna sur lui-même comme pour comprendre où il se trouvait.) On est où ?

— C'est notre maison ! (Hector tira sur la manche d'Holly, fou de joie.) On est chez nous !

Petunia se tourna vers l'autre fille.

— C'est vrai ? demanda-t-elle d'un ton plein d'espoir.

— Oui, confirma Holly. C'est vraiment chez nous.

Petunia fit un bruit à mi-chemin du cri et du rire.

— On y est arrivés, murmura-t-elle. Incroyable.

George, Petunia et Hector tombèrent dans les bras les uns des autres, un sourire exubérant aux lèvres. Mais Holly se tint à l'écart. Quelque chose clochait. Le couloir n'était pas tout à fait de la bonne couleur. Tout était terne et assourdi, à la façon d'un vieux cliché jauni par le temps. Elle se sentait mal à l'aise.

Une porte s'ouvrit et quelqu'un pénétra dans le couloir. Une fille. Elle avait une longue tresse sombre, exactement comme sa mère.

C'était Holly. Elle était face à elle-même.

Elle s'écarta pour permettre à cette autre version d'elle de passer. Son double ne la vit pas et ne remarqua pas du tout sa présence.

— Holly ? s'étonna Petunia dont le sourire s'estompa. C'est… toi ?

L'autre Holly se précipita d'un pas furieux vers le bout du couloir. C'était la parfaite imitation de sa mère quand cette dernière était en colère.

— Elle ne nous a pas vus, constata George. C'est comme si on n'était pas là.

— C'est bizarre, déclara Hector. Qu'est-ce qui se passe ?

— Je n'en sais rien, répondit sa sœur. (Des voix leur parvinrent depuis l'autre partie de la maison.) Mais je compte bien le découvrir.

Ils remontèrent le couloir en file indienne et entrèrent dans le salon. L'autre Holly était debout devant l'écran du téléviseur. Elle agitait le doigt en direction des deux garçons assis devant elle. Marco et Max.

Les jumeaux étaient étalés sur le sol, chacun une manette en main. Ils avaient l'air hyper détendus et à l'aise. Chez eux.

— Vous ne vous êtes pas cachés, leur reprocha l'autre Holly.

— Allez, fit Marco en se penchant pour voir l'écran. Pousse-toi !

Hector fit un pas en avant pour mieux voir.

— Que font ces types ici ? demanda-t-il, perplexe.

— Est-ce que ce sont… ? (Petunia plissa les yeux puis pivota brusquement vers Holly. Quand elle poursuivit, sa voix se mit à trembler.) Holly ? Qu'est-ce qui se passe ? Que font Marco et Max chez toi ?

Holly distinguait clairement la peine sur le visage de la jeune fille. Elle l'entendait aussi dans sa voix. *Elle croit qu'on lui a menti, qu'on lui a caché la vérité.*

— Je suis désolée, dit-elle. Ce n'est pas ce que tu crois. J'allais te le dire. (Elle se tourna vers Hector.) À toi aussi.

— Me dire quoi ? demanda-t-il.

— Ce sont nos frères.

— Frères ? ricana Hector. On n'a pas de frères.

Mais le doute traversa son visage.

Avant qu'Holly puisse répondre, une autre version d'Hector fit irruption dans le salon. Le vrai Hector ouvrit la bouche, sidéré.

— Pourquoi le jeu n'a pas commencé ? demanda l'autre Hector.

— Ils ne se sont pas cachés.

L'autre Holly fronça les sourcils, furieuse.

Holly ressentit une bouffée de gêne. *Je ressemble vraiment à ça ?*

Petunia attrapa Holly par l'épaule pour la faire pivoter.

— Pourquoi tu ne m'as rien dit ?

— Au début, je ne savais pas, expliqua Holly.

— Comment ça ? Comment pouvais-tu ne pas savoir ? s'étonna Petunia, incrédule.

— Attends, fit George en s'interposant entre les deux filles. Tu te souviens de ce qu'Oliver nous a dit ? Que personne ne se souviendrait de nous ?

Petunia s'apprêta à rétorquer puis se tut, ravalant ses paroles. Un déclic semblait s'être produit dans sa tête.

— Oliver les a enlevés en premier, comprit-elle. Vous les avez oubliés.

Holly acquiesça tristement.

— Je crois… Peut-être que j'ai vu leur chambre… déclara Hector en regardant le couloir.

La chambre supplémentaire dans le couloir. La porte qu'Holly n'avait jamais ouverte. *Évidemment.* C'était celle des jumeaux.

Elle parcourut rapidement le salon du regard à la recherche de petites différences. Tout était mieux organisé, mieux rangé. Comme avant que leur mère change.

— Je pense qu'on est dans le passé, comprit-elle. Dans un souvenir qu'on a perdu.

— Holly ! Attrape !

Ils sursautèrent en entendant l'avertissement de l'autre Hector. Il lança un objet à l'autre Holly, qui l'attrapa.

— Regardez ça ! provoqua-t-elle. Le téléphone de Max.

— Et alors ? rétorqua Max sans lever les yeux de son jeu. Tu ne connais pas le mot de passe.

— Voyons voir, répondit l'autre Holly. Avec Max, c'est forcément compliqué sans nécessité mais sans imagination…

— Aïe, fit Marco en riant.

— Ton anniversaire. (L'autre Holly se mit à pianoter sur le téléphone.) Mais avec les numéros dans l'ordre séquentiel… Et voilà. Ah. Qui l'eût cru ? Du premier coup !

Holly grimaça. Cette autre version d'elle était tellement… arrogante.

Max laissa tomber sa manette et se leva d'un bond.

— Hé ! Rends-le-moi !

— On joue à cache-cache, répondit l'autre Holly d'un ton théâtral.

— Argh ! (Max se frotta les yeux.) Qui a eu l'idée de faire du baby-sitting, déjà ?

— Toi, répliqua Marco.

— Je suis un crétin. C'est bon. On va jouer avec vous.

Petunia porta la main à sa bouche, l'air effaré.

— Cache-cache. Ils vont jouer à cache-cache.

L'autre Hector commença à compter.

L'autre Holly tira Marco par le tee-shirt.

— Cachons-nous dehors, chuchota-t-elle. Hector n'aura jamais l'idée de nous chercher là-bas.

Les jumeaux acquiescèrent et ils sortirent tous du salon sur la pointe des pieds. Quelques secondes plus tard, l'autre Holly revint en courant et verrouilla la porte d'entrée.

Elle avait enfermé ses frères dehors.

L'autre Hector brandit une des manettes.

— Victoire ! Le jeu est à nous !

L'autre Holly s'assit à côté de lui pour jouer.

— Oh, non.

Holly avait l'estomac noué. Elle pouvait presque entendre la voix d'Oliver dans sa tête. *Tu t'es cachée. Mais personne ne t'a trouvée.* L'autre Holly riait et jubilait, très fière d'elle.

— Comment tu as pu ? (Les yeux de Petunia étaient rouges, et son visage gonflé de colère.) Ils étaient *sympas*, cracha-t-elle. Ils m'ont aidée. Ils t'ont aidée, toi aussi !

— Je suis désolée, répondit Holly.

Elle se sentait coupable. Même si elle n'avait aucun souvenir de ses actes, elle les avait quand même commis. Elle avait envoyé Marco et Max dans le Cache-cache mortel.

Une rafale de vent souleva ses cheveux. C'était impossible. Ils étaient à l'intérieur et pourtant elle sentait une brise froide. Puis elle aperçut le brouillard. Il se glissait sous la porte d'entrée et dans les fissures des murs. Il se déversait par les grilles d'aération.

Il devint plus dense. Ils se rapprochèrent les uns des autres, comme prisonniers de l'œil d'un cyclone. Des nuages gris tourbillonnaient autour d'eux. La maison, les autres versions d'Holly et d'Hector, tout avait disparu. Il ne restait plus que le brouillard.

Le vent forcit. Un sifflement s'éleva pareil à l'air qui s'échappe d'un ballon. Un petit trou apparut dans la brume. Il s'élargit : on aurait dit une fenêtre ronde qui laissait passer la lumière du soleil et un éclat de verdure.

Ça ressemblait à une issue.

— Suivez-moi ! cria Holly en haussant la voix pour se faire entendre par-dessus le vent.

George hurla quelque chose en retour mais elle ne l'entendit pas.

Le trou commença à rétrécir. Il se refermait.

Holly coinça un bras sous celui de son frère et l'entraîna avec elle. George et Petunia les suivirent. Ils coururent vers le trou en luttant contre le vent. La sortie continuait à rétrécir ; le brouillard se rapprochait comme de l'eau qui tourbillonne au fond d'un lavabo.

Holly courut de toutes ses forces. Elle atteignit le trou juste au moment où il disparaissait, des lambeaux de brume flottant sur sa main tendue.

Trop tard.

26

Lorsque le brouillard commença à se dissiper et que le gris flou et aveuglant se fit moins insistant, Holly aperçut d'abord de l'herbe. Une étroite bande de pelouse à côté d'une chaussée. Elle était sur un trottoir.

— On est où ?

Hector tourna sur lui-même pour se repérer. Le brouillard se dissipait lentement et ils avaient toujours du mal à y voir.

— Je ne sais pas, répondit George. Dehors, manifestement.

Petunia se laissa tomber par terre et enfouit le visage dans ses mains.

— J'en ai tellement marre de cet endroit, dit-elle entre deux sanglots étouffés. Je veux juste rentrer chez moi.

— Hé !

Holly tendit la main pour la réconforter, mais Petunia refusa de lever les yeux vers elle.

— Ne me parle pas, ordonna-t-elle en la repoussant d'un geste.

Holly recula. *Elle m'en veut pour les jumeaux.* Elle aurait aimé trouver quelque chose à dire pour arranger les choses. Elle aurait aimé se sentir moins coupable.

Un éclat de voix et de rire monta dans leur dos.

— Ha, ha ! Tu as vu sa tête ?

Holly pivota vers les voix. Elle était tellement préoccupée qu'elle n'avait pas remarqué que le brouillard avait complètement disparu.

Ils se tenaient à la lisière d'un parc. Il y avait une aire de jeux. Une aire de jeux très familière.

C'était *son* parc. C'était là qu'elle s'était cachée et que tout avait commencé.

Un groupe d'enfants marchait sur le trottoir. Elle les reconnut. Owen Orlofsky, Karen Graham, Zoe Zamarripa.

Et Hector. Enfin, l'ancienne version d'Hector.

Tous riaient.

— Vous avez vu comme elle a couru ? ricana Zoe. Je suis gênée pour elle. Pour de vrai.

Non, songea Holly. *Ils rient de moi.*

— Elle se croit si maligne, ajouta l'autre Hector en jetant un coup d'œil vers l'aire de jeux où se cachait l'autre Holly.

Les gamins railleurs s'éloignèrent tous ensemble. Hector s'arrêta une fois pour regarder derrière lui puis l'abandonna.

Holly savait qu'ils s'étaient forcément moqués d'elle. Elle avait imaginé leur conversation. Mais l'entendre et voir son frère agir ainsi était bien pire. Elle était profondément blessée.

C'est ce qu'il pense vraiment de moi. Lui et tous les autres.

— Holly, souffla le vrai Hector à voix basse. Je ne le pensais pas.

Comme si elle pouvait croire une chose pareille. Et comme si ça avait la moindre importance à présent.

— Tais-toi, répliqua-t-elle.

Le souvenir continua à se dérouler devant eux. L'autre Hector revint. Il rôda dans un coin et se cacha derrière un banc. Holly ignorait qu'il était revenu. Elle voyait clairement son visage. Il souriait.

Elle regarda l'ancienne version d'elle-même ramper hors de sa cachette dans le tunnel. Des larmes coulaient sur ses joues. Elle sentait les regards pleins de pitié de Petunia et George rivés sur elle. Elle ne pouvait se résoudre à les affronter.

Le brouillard revint, exactement comme la fois d'avant. Il s'étendit lentement sur le parc. *Il vient nous chercher*, comprit Holly. Il les enveloppa rapidement.

— Holly, écoute…, commença Hector.

— Pas maintenant, l'idiot ! aboya sa sœur. Je t'ai dit de te taire !

— Non ! cria Hector en retour, d'une voix tremblante. Je REFUSE de me taire !

Un sifflement emplit l'air. Derrière le garçon, juste à côté du tunnel où s'était cachée Holly, apparut un petit trou dans le brouillard. La sortie.

— Et je ne suis PAS un idiot ! continua à hurler Hector. Je *déteste* quand tu m'appelles comme ça !

Ses joues rougirent et une expression familière envahit ses traits. Bouche ouverte, dents du bas visibles. Il était en train de craquer.

Ce n'est vraiment pas le moment.

— On n'a pas le temps pour ça ! cria Holly. Il faut y aller. Tout de suite !

— NON ! hurla son frère. Je n'irai NULLE PART avec toi !

Le trou dans le brouillard s'élargit. Il était assez grand pour qu'on passe à travers, mais s'il se produisait la même chose qu'un peu plus tôt, il n'allait pas tarder à se refermer.

Elle attrapa son frère par le bras. Elle comptait bien lui sauver la vie. Et ensuite, elle lui dirait *exactement* ce qu'elle pensait de lui, une bonne fois pour toutes.

27

Ils émergèrent du brouillard en trébuchant, tels les survivants hébétés d'un naufrage enfin parvenus sur le rivage. Holly tenait toujours Hector par le bras. Derrière elle, Petunia et George s'affalèrent sur le sol. Tout était encore flou, mais quelque chose dominait leur champ de vision, quelque chose de grand et de solide.

Le manoir.

Il était vieux. Pas seulement dans son architecture, même si elle datait aussi. Sa façade était rectangulaire et plate, et ses briques jadis rouges étaient maculées de noir et de gris. Une porte à double battant – dont la peinture écaillée se détachait en bandes irrégulières – séparait les deux ailes de la demeure. Chaque côté était le reflet fidèle de l'autre. Deux rangées de fenêtres ornaient la façade : elles étaient toutes sombres et voilées, pareilles à des yeux aveugles.

Les mains sur les genoux, George reprenait son souffle. Petunia tourna sur elle-même, incertaine de la direction à prendre.

Hector se dégagea brusquement de l'étreinte d'Holly. Elle pivota vers lui.

— C'était quoi ce délire ? demanda-t-elle.

Il leva les yeux au ciel.

— Laisse tomber.

Elle ne comptait pas le laisser s'en tirer aussi facilement. Pas cette fois.

— Tu fais tout le temps ça. Tu ne penses qu'à *toi.* Tout tourne toujours autour de *ton nombril.*

— Et toi tu fais tout le temps *ça*, rétorqua sèchement son frère. Tu crois toujours *tout savoir.* Tu fais comme si tu valais *mieux* que moi. (Il fulminait, écarlate.) J'en peux plus !

Il lança un regard noir à sa sœur, haletant et furieux. Comme si c'était *elle* qui avait quelque chose à se reprocher.

Holly était stupéfaite.

— Sérieux ? (Sa colère avait redoublé.) C'est pour *ça* que tu m'as abandonnée dans le parc ? C'est pour *ça* que tu nous as mis dans cette merde ?

— Non, répondit Hector. C'est pour *ça* que personne ne t'aime. C'est pour *ça* que tu n'as pas d'amis.

Ses paroles planèrent au-dessus d'eux. Holly ne répondit pas. Pas tout de suite. Le silence était une réponse en lui-même. Afin de faire comprendre à Hector qu'il ne s'agissait plus d'une dispute.

— Tu as raison, acquiesça-t-elle.

Il ne s'attendait pas à ça. Il ouvrit la bouche puis la referma, déconcerté.

La voix d'Holly était à peine plus forte qu'un murmure.

— Je n'ai pas d'amis. (L'expression d'Hector s'adoucit. Peut-être qu'il regrettait ses propos, mais elle s'en fichait.) Et je n'ai pas de frère non plus. Une fois qu'on sera rentrés, je ne veux plus jamais te parler.

La paupière d'Hector tressaillit. Un peu. Mais il ne détourna pas les yeux. Ils se toisèrent d'un air de défi. Il était hors de question que l'un des deux cède avant l'autre.

— Très bien, dit Hector.

— Très bien, répéta Holly.

— Les gars. (La voix de Petunia les sortit de l'impasse.) On peut y aller ? (Les bras croisés, elle leur lançait un regard meurtrier.) On peut essayer de rentrer chez nous ?

Petunia avait raison, bien sûr. Ils perdaient du temps. Holly entendit son frère traîner les pieds derrière elle, mais elle ne se retourna pas. Il valait mieux l'ignorer.

— D'accord, opina-t-elle. Allons-y.

Ils traversèrent avec difficulté la pelouse qui s'étendait devant le manoir. Aucun d'eux ne parlait.

— Attends, fit George lorsqu'Holly tendit la main vers la poignée. On ne devrait pas plutôt le contourner ? La fontaine doit être derrière, non ?

— Tu as raison, répondit Holly. Mais regarde ! (Elle tendit le doigt. Le brouillard enveloppait la maison tout entière ; il fouettait les murs comme s'il cherchait un moyen d'entrer.) Je refuse de remettre les pieds dans ce truc. Pas si je peux l'éviter.

George hocha la tête. Holly tourna la poignée et la porte s'entrouvrit. Ils pénétrèrent à l'intérieur.

Une entrée ovale les accueillit. Les murs étaient lambrissés d'acajou et un tapis rouge à franges recouvrait le plancher sombre. Au-delà s'étirait un couloir qui menait à un escalier.

Au centre de l'entrée se dressait une statue.

Elle représentait un enfant agenouillé. Un garçon en bermuda, les mains jointes. L'expression suppliante gravée à jamais sur ses traits donnait l'impression qu'il demandait grâce. Ou qu'il récitait une prière à laquelle personne n'avait répondu.

Ses yeux lancèrent un éclat rouge.

— Fermez la porte ! hurla Holly. (George obéit aussitôt.) Si on se dépêche, on peut y arriver, affirma-t-elle. Il faut juste traverser la maison pour sortir par-derrière.

Comme en écho, un bruit sourd leur parvint. Puis un autre. Et encore un autre. La femme en noir se tenait au bas de l'escalier.

Elle était déjà là.

Elle écarta les bras et bondit en avant ; sa robe noire et ses cheveux flottèrent et l'enveloppèrent tandis que des ailes lui poussaient. Une fois corbeau, la créature plongea vers eux telle une flèche.

— Par ici ! hurla Holly en courant vers l'avant.

S'ils parvenaient à la dépasser, ils avaient peut-être une chance de gagner la fontaine avant qu'*Elle* ait le temps de les rattraper. Holly se glissa sous l'oiseau qui planait.

Mais Hector, Petunia et George n'avaient pas réagi assez vite.

Elle atterrit. Ses plumes noires s'étirèrent, se gonflèrent et craquèrent quand elle toucha le sol. *Elle* se redressa, de nouveau humaine.

Elle se tenait entre Holly et les autres.

George, Petunia et Hector reculèrent vers l'entrée. Mais *Elle* les ignora, et pivota entièrement pour faire face à Holly. Ses yeux rouges brûlaient, pareils à des flammes.

La fille n'avait pas le choix. Il n'y avait qu'une issue possible. Elle se rua vers l'escalier.

Quoi qu'il arrive ensuite, elle devrait y faire face seule.

28

Holly gravit les marches quatre à quatre. Elle parvint sur un petit palier où l'escalier bifurquait, agrippa la rampe et tourna brusquement. En pivotant, elle vit qu'*Elle* était sur ses talons. La femme en noir ne se pressait pas. Elle montait avec une lenteur délibérée. Elle marchait comme si elle avait tout le temps devant elle.

Ça doit être le seul escalier, songea Holly. *Elle doit savoir que je suis piégée.*

La jeune fille bondit par-dessus la dernière marche et atterrit au premier étage. Elle se trouvait dans un couloir étroit et mal éclairé. Les murs étaient défigurés par de profondes griffures, comme si un animal sauvage avait été lâché à l'intérieur. *Comme… un loup*, comprit-elle.

Boum. Boum.

Le bruit des pas dans l'escalier poussa Holly en avant. Elle avait le choix entre quatre portes alignées dans le couloir. Une d'entre elles sur sa gauche était grande ouverte. Elle se jeta à l'intérieur.

C'était une chambre. Un lit à baldaquin aux rideaux à fleurs occupait son centre. Holly parcourut rapidement des yeux le reste de la pièce – une table de nuit et une coiffeuse près du lit, une bibliothèque contre le mur du fond. Une fenêtre recouverte de couches de crasse et de poussière mais derrière laquelle elle distingua tout de même un mouvement : le brouillard qui cognait à la vitre.

Holly s'allongea à plat ventre et rampa sous le lit, le regard tourné vers la porte.

J'aurais dû la fermer, se reprocha-t-elle.

Des pieds nus et pâles sous l'ourlet en lambeaux de la robe noire entrèrent dans la chambre puis s'immobilisèrent.

Elle retint son souffle. Elle n'osait pas bouger. Elle lutta pour ignorer l'envie dévorante qu'avait son corps de fuir, de se tortiller, de disparaître.

Les pieds de la femme se rapprochèrent.

Holly ferma les yeux, en une vaine tentative de se cacher. Elle se demanda si elle allait rester là pour l'éternité. Une statue sous un lit.

BAM !

Un vacarme monta du rez-de-chaussée. Elle rouvrit brusquement les yeux.

Les pieds firent demi-tour et se dirigèrent vers la porte.

La femme quitta la pièce. Holly écouta le bruit des pas s'éloigner de plus en plus vite.

Elle était partie.

Elle va s'en prendre aux autres.

Une partie d'Holly avait envie de rester cachée sous le lit et de ne jamais en sortir. Mais elle n'avait pas de temps à perdre. Il fallait qu'elle descende aider ses amis. Elle ignorait ce qu'elle pouvait faire, mais elle devait au moins essayer.

Elle rampa hors de sa cachette et fit un pas en direction de la porte. Cette dernière bougea. Toute seule. Elle se referma lentement.

Sauf qu'elle n'avait pas bougé toute seule.

Quelqu'un se cachait derrière.

Holly n'aperçut d'abord qu'une main pâle appuyée contre le bois. Puis elle vit des pieds nus sous un pantalon élimé. Et enfin l'enfant tout entier, avec ses yeux gris et son teint pâle et sinistre.

Edmond.

— Salut, Holly.

Sa voix était calme, mais avec une touche d'autre chose qui alerta la fille.

Les questions se bousculaient dans sa tête. *Où étais-tu ? Est-ce que c'est vraiment là le chemin pour rentrer ? Peux-tu m'aider ?* Mais elle ne les posa pas. L'expression sur le visage de l'enfant gris l'en dissuada.

— Tu es bonne à ce jeu, constata Edmond. Meilleure que je ne m'y attendais.

— Comment ça ? répondit-elle d'un ton qu'elle espérait naturel. De quoi tu parles ?

— Je pensais qu'il serait seul à présent. Ça aurait été tellement plus facile.

Il s'approcha d'Holly, une main derrière le dos. Elle recula instinctivement.

— Edmond, s'il te plaît.

Elle ne savait même pas pourquoi elle le suppliait. Elle savait juste qu'il était sur le point de faire quelque chose de mal.

Il ôta la main de derrière son dos. Il tenait un objet métallique pointu. Holly fit un bond.

C'était une clé.

— Tu seras en sécurité ici, affirma Edmond. On s'occupera bien de toi.

— « On » ? Qui ça, « on » ?

Mais elle connaissait déjà la réponse.

— Hector et moi. Il sera comme moi. Très bientôt. On s'amusera comme des fous.

Comme lui ? Qu'est-ce qu'il entendait par là ?

— Non, supplia Holly. S'il te plaît. Je veux juste rentrer chez moi. Tu ne veux pas rentrer chez toi ?

Edmond sourit.

— Je *suis* chez moi.

Il recula, tendit la main derrière lui et la posa sur la poignée de la porte.

— Attends !

Holly se précipita vers lui. Il fallait qu'elle l'arrête. Elle devait l'empêcher de quitter la pièce.

Mais elle ne fut pas assez rapide.

Edmond lui claqua la porte au nez. Elle attrapa la poignée et la tourna mais au même moment, elle entendit un petit bruit métallique. La porte bougea mais ne s'ouvrit pas.

Elle était enfermée.

29

— Et Holly ? demanda Hector.

Après l'apparition d'*Elle*, George et Petunia l'avaient entraîné dans une autre pièce dont ils avaient claqué la porte derrière eux. Il avait juste eu le temps d'apercevoir la femme en noir poursuivre Holly dans l'escalier.

Ils se trouvaient dans ce qui ressemblait à un bureau ou un petit salon. Le centre de la pièce était meublé d'un canapé d'un bleu passé et de deux fauteuils au dos droit qui semblaient peu confortables. Des tasses en porcelaine dont le contenu avait moisi étaient posées sur une petite table pliante bancale. Des portraits de gens à l'air maussade dans des cadres dorés étaient accrochés aux murs.

— Je ne sais pas. (George se mit à tourner en rond.) Je ne sais pas quoi faire.

Hector tendit la main vers la porte.

— On doit l'aider.

— Non ! s'exclama l'autre en lui saisissant la main. Si on fait ça, on se fera attraper aussi !

— Comment ça, « aussi » ? (Hector se dégagea brutalement.) Elle n'a pas encore été attrapée.

Impossible.

George se roula en boule sur le sol, la tête entre les mains.

— Il faut qu'on sorte, il faut qu'on sorte…, répétait-il en boucle.

Petunia s'était dirigée vers les tableaux. Elle les contemplait, fascinée, comme si elle se trouvait au musée.

Le garçon se déplia soudain tel un ressort.

— Les fenêtres !

Il y en avait deux qui se découpaient sur le mur du fond ; leurs vitres étaient sales, à l'identique de toutes les autres fenêtres de la maison. George se mit à s'agiter sur le rebord.

— Les gars, fit Hector. S'il vous plaît. On doit faire quelque chose pour aider Holly.

— Vous avez vu ça ? demanda soudain Petunia qui observait toujours les portraits. Ils ne vous rappellent personne ?

Hector leur jeta un coup d'œil. Ils ne paraissaient pas présenter d'intérêt. Il y avait quatre portraits sur le mur. L'un représentait un homme à l'air sévère qui portait une perruque à longues boucles d'un autre temps. Sur un autre se tenait une femme aux longs cheveux sombres, dans une robe blanche. Et puis deux enfants, l'un blond, l'autre châtain.

Le blondinet attira l'attention d'Hector. Sa façon de pencher légèrement la tête. Son expression sérieuse. Il le reconnut.

C'était Edmond.

— Elles sont coincées ! s'écria George d'un ton désespéré.

Il attrapa une petite table et la lança contre une vitre. Elle la heurta avec fracas et explosa. Le bois s'éparpilla sur le sol.

La vitre n'était même pas fissurée.

— Mais qu'est-ce que tu fais ? demanda Hector.

— J'en sais rien, répondit George, complètement perdu. J'en sais rien.

BOUM BOUM BOUM BOUM.

Quelqu'un descendait l'escalier. À toute allure.

— Cachez-vous, ordonna George.

Il n'y avait pas beaucoup de cachettes possibles. Hector et George s'accroupirent derrière le canapé. La jeune fille, cependant, ne bougea pas.

— Petunia ! siffla George. Cache-toi !

La porte s'ouvrit. Hector, dissimulé derrière le sofa, ne pouvait pas voir qui était entré. Mais il entendit des pas. Des pieds nus sur le plancher.

Petunia se retourna en entendant le bruit. Elle ouvrit la bouche, les yeux écarquillés de terreur.

— Non, fit-elle.

Elle recula mais il n'y avait aucun endroit où aller.

Encore des pas, cette fois-ci sur le tapis.

— Au secours, dit la jeune fille. Aidez-moi.

George ferma les yeux et commença à marmonner quelque chose entre ses dents.

La femme en noir apparut dans le champ de vision d'Hector. Elle lui tournait le dos.

Si Elle *est ici, alors peut-être qu'Holly a réussi à s'échapper*, songea-t-il. *Ou alors elle s'est fait prendre.*

Elle se plaça juste devant Petunia. *Elle* tendit la main, prête à attraper la fille et la changer en pierre.

— S'il vous plaît, gémit la jeune fille d'un ton que tout espoir avait déserté.

— Je ne peux pas, je ne peux pas, je ne peux pas… répéta George. (Puis il se redressa.) Je ne peux pas ne rien faire. Pas une deuxième fois.

Il hurla à pleins poumons. C'était un rugissement, un cri de guerre qui contenait tout ce qu'il avait ravalé, et qui s'exprimait enfin pour que tout le monde l'entende.

Elle tourna le visage vers lui.

George chargea. Il la percuta tel un demi de mêlée, enroula ses bras autour de sa taille et la renversa. Ils s'écrasèrent tous les deux sur le sol, le garçon prenant le dessus.

— Cours, Petunia ! hurla-t-il.

Celle-ci n'hésita pas. Elle se rua vers la porte.

Elle roula sur elle-même, coinçant George sous son poids. Il donna des coups de pied en se tortillant. Il lui frappa les bras pour tenter de la repousser. Mais elle balaya ses mains d'un seul mouvement vif, semblable à celui d'une faux qui coupe les blés. Elle leva le bras, triomphante, puis l'abaissa et posa sa paume sur le visage du garçon.

— Fuis ! parvint à articuler George dans un dernier souffle tout en repoussant la main.

Puis il cessa de bouger. Toute couleur quitta son corps et il se transforma en pierre, à jamais figé dans cette dernière action, batailleur et rebelle.

Elle se laissa tomber sur le sol en gémissant. Elle posa les mains sur son ventre et se recroquevilla sous l'effet de la souffrance.

Hector devait quitter la pièce le plus vite possible. George lui donnait l'occasion de s'échapper, de courir à l'étage et de trouver Holly. Il s'appuya en silence contre la bibliothèque tout en se dirigeant vers la porte.

Derrière lui, le mur bougea.

Hector sursauta. La bibliothèque s'ouvrit. C'était une porte. Un passage secret.

Edmond émergea de l'obscurité.

— Hector, hâte-toi. Viens.

— Non. Holly…

Avec tout ce qui s'était produit, il était incapable d'ajouter quoi que ce soit.

— Je sais où elle est, affirma l'autre. Vite. Elle a besoin de nous.

Edmond lui tendit la main. Hector la prit.

30

Holly entendit le boucan au rez-de-chaussée – des bruits de course, des cris, le fracas que fait quelqu'un ou quelque chose en tombant.

Puis le silence.

Elle tira sur la poignée de la porte, essayant en vain de l'ouvrir. *Idiote.* Elle savait que ça ne servait à rien. Il lui fallait trouver autre chose, elle devait sortir de cette pièce. Impossible de savoir ce qui arrivait aux autres. Ni ce qu'Edmond avait prévu de faire à Hector.

Elle examina la chambre autour d'elle à la recherche de quelque chose, n'importe quoi, qui lui permettrait de s'échapper. Elle ne vit rien d'autre que le lit à baldaquin, la bibliothèque, la table de chevet et la coiffeuse.

Et la fenêtre.

Holly s'en approcha. Elle apercevait le faible mouvement du brouillard de l'autre côté. Elle posa la main sur la vitre mais ne tenta rien. Elle ne voulait pas l'ouvrir. Pas tout de suite. Elle ne prendrait ce risque qu'en dernier recours.

Il y a peut-être une autre issue.

Elle gagna la table de nuit. Un bassin et une cruche étaient posés dessus. Ils avaient l'air tous deux lourds et solides. Le meuble comportait un tiroir. Holly l'ouvrit.

Il ne contenait pas grand-chose. Un anneau en argent. Un collier. Et une enveloppe, scellée à la cire.

Holly s'empara de l'enveloppe. Un prénom était écrit dessus.

Oliver.

Elle fit courir un doigt le long du sceau, hésitante. Puis elle l'arracha et le jeta sur le sol. Elle ouvrit l'enveloppe et découvrit une lettre de deux pages. La calligraphie était gracieuse et élégante, chaque mot s'achevant sur une fioriture.

17 décembre 1737

Mon cher époux,

Tu ne liras jamais ces lignes. Je ne les écris que pour moi. C'est ma façon, bien insuffisante, d'apaiser mon chagrin. Le temps que l'encre sèche, tu seras déjà passé dans l'autre monde.

Tous mes sortilèges n'ont servi à rien. Je n'ai pas pu te sauver. Pas avec les tisanes que je t'ai fait boire quand tu étais encore conscient. Ni avec les onguents secrets que j'ai appliqués dans ton sommeil. Tous se sont brisés contre le mur de ta maladie.

Je n'ai jamais maîtrisé les soins aussi bien que les aspects plus destructeurs de mon art. Ça en dit long sur moi, je le crains. Je dois confesser que j'ai ressenti de la satisfaction quand tu as envoyé ma potion à ta soeur sans savoir qu'elle effacerait *sa mémoire. Une simple incantation pour moi. Au moins, elle ne nous ennuiera pas, les enfants et moi, quand tu ne seras plus là.*

Je pourrais tenter autre chose, après ta mort. Je pourrais essayer de te ressusciter. Mais ce n'est pas une chose à prendre à la légère. Le risque est trop grand et les enfants ont besoin de moi. J'aurai été impuissante jusqu'au bout.

Ce matin, les enfants sont venus te dire adieu. Le petit Oliver s'est montré obéissant, comme toujours. Edmond est trop petit pour comprendre ce qui se passe, mais il a été très tendre. J'ai essayé de te réveiller, en vain. On dirait que ton esprit est déjà en paix et que ton corps et ton âme ne tarderont pas à le suivre.

Repose-toi, mon amour. Repose-toi et attends. Notre lien ne se brisera jamais, même après la mort. Seul le temps nous sépare.

De tout mon coeur,
Ton épouse bien-aimée

Holly reposa la lettre. Elle essaya de raccrocher ce qu'elle venait de lire à ce qu'elle savait déjà. L'allusion aux potions et aux incantations confirmait qu'*Elle* était une sorcière. Mais elle disait qu'Oliver était mourant : il avait dû guérir. Ou alors, elle l'avait finalement ressuscité. Et Edmond était son fils. Ce qui signifiait qu'il avait des centaines d'années… Mais c'était encore un enfant. Et il avait un frère, le petit Oliver. Que lui était-il arrivé ? Que leur était-il arrivé à tous ?

Ses pensées furent interrompues par un lent craquement. Elle pivota. La bibliothèque au fond de la chambre avait bougé. Elle s'ouvrait. Elle espéra pendant un instant que c'était Hector. Mais non.

Elle était de l'autre côté.

La femme était voûtée, l'air souffreteuse. Quand elle pénétra dans la chambre, cependant, et que ses yeux rouges se posèrent sur Holly, elle se redressa, revenant à la vie. La jeune fille scruta son visage, à la recherche d'une trace de l'humanité dont elle avait fait preuve dans sa lettre, mais n'en trouva aucune.

Elle contourna le lit et se plaça entre Holly et la fenêtre. Elle ne pouvait pas fuir. Elle était piégée.

Holly tendit la main derrière elle et attrapa la cruche posée sur la table de chevet. Elle la lança vers la femme aussi fort que possible.

Le pichet heurta son front avec un bruit sourd puis tomba au sol, où il se brisa en morceaux. *Elle* tomba à genoux et porta la main à son front. Du sang coula entre ses doigts et goutta sur le plancher.

La femme se leva. Son expression placide avait disparu. Comme si elle invoquait son loup intérieur, elle montra les dents.

Holly tendit la main vers le bassin, la seule arme qui lui restait. Elle le souleva des deux mains, tourna la taille comme si elle s'apprêtait à lancer un disque et le balança sur la sorcière.

Elle l'esquiva.

Le bassin poursuivit sa route et percuta la fenêtre.

La vitre se fractura. Une longue fissure courut tout du long et s'étendit à toute la fenêtre qui explosa.

La sorcière se précipita vers Holly. Dans son dos s'élevait le brouillard. Il se déversa à travers la fenêtre cassée et les enveloppa toutes les deux. Il emplit rapidement la pièce et les transporta ensemble, loin dans le passé.

31

Holly était dehors, dans un jardin derrière le manoir. Une vaste pelouse parfaitement entretenue s'étendait devant elle. Elle aperçut une série de plates-bandes dans lesquelles fleurissaicnt des fleurs rouges et jaunes, et deux haies symétriques et rectangulaires face à face. Entre les haies, au centre du jardin, se dressait une large fontaine ronde.

La femme en noir était à côté d'elle.

L'instinct d'Holly lui criait de fuir, de s'échapper, de s'éloigner le plus vite possible. Mais la femme en noir n'avait pas bougé. Le vent agitait ses cheveux et sa robe noire flottait au vent, enroulée autour de ses jambes.

Elle se tourna lentement vers Holly. Ses yeux n'étaient plus rouges mais marron.

— Tu n'es pas lui, constata-t-elle.

Puis elle détourna le regard comme si elle n'existait pas. Toute son attention était concentrée sur la fontaine.

Deux enfants discutaient près de cette fontaine. Ils étaient tous les deux vêtus de manière démodée. L'un était châtain, l'autre était un petit blond aux yeux bleus.

C'était Edmond.

Holly dévisagea la femme, qui était hypnotisée par la scène sous leurs yeux. Holly comprit que, de la même manière qu'elle avait assisté à son propre passé avec Marco, Max et Hector, elle était à présent plongée dans celui de la sorcière.

— Un cache-cache ! (Edmond tira sur la chemise blanche de l'autre garçon.) Tu as *promis.* Tu as promis que tu jouerais avec moi.

— Oui, oui, d'accord, répondit l'autre d'un ton peu enthousiaste.

— On peut demander aux frères Smith de jouer avec nous ? Ou à James ? demanda impatiemment Edmond. C'est tellement plus amusant avec d'autres enfants.

— Plus tard, répliqua laconiquement le grand. (Edmond commença à protester mais il l'arrêta.) Je te *promets.* Je vais proposer aux autres de nous rejoindre. Va te cacher d'abord.

— Tu dois compter, déclara le plus jeune.

Le grand leva les yeux au ciel.

— Un… deux…

Edmond sautilla, tout excité. Puis il s'éloigna en courant, traversa le jardin et gagna le bois qui s'étirait au-delà.

L'autre enfant cessa de compter aussitôt que le petit eut disparu. Puis il se dirigea vers le manoir, ouvrit la porte et y entra.

Holly vit une silhouette derrière une des fenêtres. Une femme aux cheveux sombres comme les plumes d'un corbeau. La sorcière. Une version passée d'elle. Mais elle était différente. Ses boucles étaient ordonnées et tressées. Sa robe était blanche et brodée de fleurs. Quelque chose de brillant luisait à son cou.

Soudain, le brouillard se précipita sur elles. Il ne rampa pas lentement comme avant mais plutôt les submergea, ne leur laissant aucune chance de s'échapper. Il se déversa sur la fontaine, sur Holly, sur tout.

Quand il se dissipa, elle n'était plus dehors. Elle se trouvait dans une grotte sombre et humide. Une petite mare en occupait le fond. La femme en noir était de nouveau à ses côtés.

L'ancienne version d'Edmond pénétra dans la caverne. Il jeta un coup d'œil derrière lui pour vérifier que personne ne l'avait suivi puis avança vers la mare sur la pointe des pieds. À quelques mètres au-dessus, sur le mur de la grotte, était creusée une petite alcôve.

Une cachette parfaite.

Edmond s'assit à côté de la mare. Il ôta ses chaussures en sifflotant distraitement. C'était un air languide et mélancolique. Le même, réalisa Holly, que celui qu'elle avait entendu dans le cimetière, la chanson qui attirait *Elle.*

Une fois pieds nus, Edmond pataugea dans la mare, qu'il traversa. Parvenu de l'autre côté, il agrippa une prise sur la surface rocailleuse de la paroi. Il grimpa et les gouttes qui tombaient de ses pieds éclaboussèrent l'eau en contrebas.

Il remonta un genou pour essayer de trouver une prise pour son pied. Les cailloux, cependant, étaient lisses et glissants. Ses pieds ne trouvèrent aucune prise et il se retrouva suspendu. Ses mains se cramponnèrent à une petite anfractuosité de la paroi mais elles glissèrent, d'abord un peu, puis davantage, jusqu'à finir par lâcher.

Edmond tomba.

Sa tête heurta le fond de la mare peu profonde. Son visage était submergé. Il ne bougeait plus.

La femme en noir se précipita vers lui et tomba à genoux. Elle essaya de le relever, mais ses mains le traversèrent. Ce n'était qu'un fantôme. Un fragment. Un souvenir. Elle ne pouvait ni l'aider ni le prendre dans ses bras. Elle ne pouvait même pas le toucher. Elle ne pouvait que revivre la scène, impuissante.

La sorcière se pencha sur le corps sans vie d'Edmond. Holly n'osait pas bouger et elles restèrent ainsi, unies dans le chagrin de la femme, jusqu'à ce qu'un cri déchirant rompe le silence.

— Edmond ! appela une voix derrière elles. (Une voix féminine.) Où ça, Oliver ? Où cst-il ?

— Peut-être là, répondit-il. Il se cache là parfois.

La femme en blanc et l'enfant aux cheveux châtains entrèrent dans la grotte. Elle s'immobilisa le temps que ses yeux s'accoutument à l'obscurité et aperçut la silhouette d'Edmond étendue dans la mare.

Son hurlement brisa l'air.

Elle courut vers lui, s'agenouilla et posa sa tête sur ses genoux. Elle était assise exactement au même endroit que la femme en noir. Leurs deux silhouettes se superposèrent, miroirs fantomatiques l'une de l'autre.

— Edmond ? dit le garçon châtain.

Il avait l'air terrifié.

La femme en blanc hurla jusqu'à ce que le souffle lui manque. Ce qui avait commencé comme un hurlement se transforma en une plainte désespérée et pathétique avant de diminuer en un gémissement bas et plaintif. C'était le bruit que faisait le cœur de la femme en s'échappant de son corps, brisé en deux.

Elle s'effondra, à bout de forces. Elle se balançait telle une somnambule ou une femme en transe, sans cesser de bercer Edmond en tremblant.

Puis elle s'arrêta. Le calme l'envahit. Lentement, elle releva la tête. Elle se redressa, étrangement et douloureusement raide. Elle resta dans cette position, immobile, sans même respirer, puis finit par dire :

— Ce n'est pas trop tard.

Elle fut soudain envahie par une énergie frénétique. Elle se pencha sur le corps d'Edmond et se mit à tâtonner sur le sol, à gratter, à fouiller.

— J'ai besoin de quelque chose de tranchant... murmura-t-elle.

L'enfant châtain s'approcha d'elle.

— Mère ? dit-il d'un ton faible et désespéré.

Elle pivota brusquement face à lui. Ses yeux étaient injectés de rouge à force de larmes. Elle répondit dans un sifflement rauque, comme si sa gorge était en feu.

— Ce… n'est… pas… trop… tard.

Elle posa la main sur sa poitrine où reposait un pendentif en argent. Il avait la forme d'un corbeau en plein vol, ses ailes étendues pointues comme des couteaux. Elle s'empara du corbeau et tira dessus, brisant la chaîne fine.

Elle ouvrit la paume de sa main et d'un geste vif coupa la chair tendre à la base de ses doigts avec les ailes du corbeau argenté. Une mince ligne rouge apparut et le sang se mit à couler. En quelques secondes, sa main en fut couverte.

Elle étala le sang sur ses doigts et traça des symboles sur le sol rocailleux. Puis elle se mit à murmurer en rythme, comme une mélopée, toussant et rugissant dans une langue inconnue.

Elle renversa soudain la tête en arrière. De la fumée ou du brouillard sortit de sa bouche. Les volutes s'enroulèrent autour d'Edmond, l'enveloppèrent, le bercèrent.

L'enfant les respira.

Il ouvrit soudain les yeux. Ils étaient gris. Il inclina le cou et se mit alors à hurler.

Du brouillard noir se déversa de sa bouche. Il tourbillonna autour de lui, enveloppa l'autre garçon et frappa la femme en blanc. Il s'infiltra sous sa peau, ses vêtements. Sa robe blanche devint noire.

Elle enfouit le visage entre ses mains. Elle hurla de nouveau, cette fois-ci sous l'effet de la terreur. Le brouillard sortit par ses yeux, pareil à la vapeur qui monte d'une bouilloire. Il se répandit, dans la grotte et au-delà, laissant deux trous noirs à la place de ses yeux. Ses orbites vides se mirent lentement à rougeoyer.

Puis la femme se troubla, comme si son corps était un reflet dans l'eau. La même chose se produisit pour Edmond et le garçon châtain. Ils se transformèrent en fumée, en brume puis se dissipèrent. Le souvenir s'achevait.

La femme en noir dont le passé venait de se dérouler sous leurs yeux était toujours agenouillée au même endroit. Elle se tourna vers Holly.

— Tu n'es pas lui, constata-t-elle.

Un épais brouillard les enveloppait à présent. Holly ne distinguait plus ni les murs ni l'entrée de la grotte.

Un trou se dessina dans le brouillard non loin. La femme ne s'en rendit pas compte.

Holly n'hésita pas. Elle courut vers l'issue, abandonnant la sorcière et ses souvenirs hantés.

32

— Où est Holly ? demanda Hector tout en suivant Edmond plus avant dans la forêt.

Ils étaient sortis en courant du manoir et avaient traversé un jardin au milieu duquel se dressait une fontaine.

— Ce n'est pas par là qu'on rentre à la maison ? avait insisté Hector.

Mais Edmond lui avait ordonné de ne pas s'arrêter. Il avait dit qu'Holly était en danger.

— Juste un peu plus loin, affirma l'enfant gris.

Hector supposa que sa sœur avait trouvé un moyen de sortir de la maison. Du moins, il l'espérait. Il se trouvait idiot de s'être disputé avec elle un peu plus tôt et de lui avoir dit des horreurs. Tout ça n'avait plus aucune importance à présent.

Quand je la retrouverai, se promit-il, *la première chose que je ferai, ce sera de lui demander pardon.*

La forêt devint plus dense ; les branches les surplombaient tels des doigts noueux et tordus. Hector entendit un bruit d'eau. Ils parvinrent à une crique où l'eau peu profonde coulait sur des cailloux. Ils avancèrent jusqu'à ce qu'ils parviennent devant une grotte.

— Là-dedans, fit Edmond.

L'eau gouttait à l'intérieur. Ils entrèrent. Le ruisseau qu'ils avaient suivi se terminait dans une mare. Le garçon désigna quelque chose au-dessus. Une fissure, comme une petite étagère. Une cachette.

— Là, dit-il. Holly est là.

Hector tendit le cou. Il n'avait pas l'impression que sa sœur soit là.

— Où ?

— Tu ne peux pas la voir, affirma Edmond. Il fait sombre. Mais elle est là. Je crois qu'elle est blessée.

— D'accord, répondit Hector. Comment je fais pour monter là-haut ?

— Enlève tes chaussures. Grimpe.

Hector s'assit sur les rochers et commença à retirer ses chaussures.

— Et tu m'expliqueras comment rentrer chez moi ? Une fois que je l'aurai retrouvée ?

— Bien sûr, sourit Edmond. On pourra faire tout ce qu'on voudra, après.

Le garçon s'aventura dans l'eau. Elle était froide, et les cailloux qui parsemaient le sol limoneux lui piquaient les pieds. Il parvint à la paroi sous la cachette et posa les mains dessus. Elle était humide et glissante.

— Vas-y, l'encouragea Edmond. Grimpe.

Hector tendit la main et agrippa une prise qui dépassait. Il se hissa un peu mais glissa aussitôt. La tâche s'annonçait dangereuse. Il étira le bras et trouva une autre anfractuosité à laquelle s'accrocher. Il se hissa de nouveau et posa le pied sur un rocher qui dépassait. Il s'assura que ses mains étaient bien en place puis souleva une jambe et posa son pied nu sur un large rocher glissant. Il s'y appuya de tout son poids et s'éleva plus haut, en tâtonnant à la recherche d'une autre prise.

Mais son pied dérapa.

Il essaya de se retenir, mais il n'y avait rien à quoi se raccrocher.

Il tomba. Son corps heurta l'eau dans un bruit d'éclaboussures.

Et tout devint noir.

33

Holly était de retour dans la chambre. Aussitôt qu'elle fut sortie du brouillard, il se retira par la fenêtre comme s'il avait été absorbé de l'extérieur. En quelques secondes, il n'y eut plus aucune trace de lui, ni dedans ni dehors. Le soleil perçait à présent par la fenêtre et faisait scintiller la vitre brisée.

Elle essaya de mettre de l'ordre dans ce qu'elle avait vu.

La femme en blanc était la sorcière.

Edmond était son fils.

Il était mort en jouant à cache-cache.

Elle avait essayé de le ressusciter.

Ça avait terriblement mal tourné.

Les paroles d'Edmond juste avant qu'il parte lui revinrent soudain en mémoire. *Il sera exactement comme moi.* C'était ce qu'il avait dit à propos d'Hector juste avant de l'enfermer, elle, dans la chambre.

La poignée s'agita. Elle entendit un cliquetis et la porte s'ouvrit.

Un homme au visage familier entra dans la pièce. À la tête châtain échevelée, avec une épaisse moustache broussailleuse. Il était voûté comme s'il portait un fardeau invisible autour du cou.

Oliver.

— Toi. (Il fronça les sourcils puis remarqua la fenêtre brisée et le passage secret toujours ouvert dans le mur.) Qu'est-ce qui s'est passé ici ? Où est Edmond ?

— C'est exactement ce que j'allais vous demander, Oliver, rétorqua Holly. Ou devrais-je dire plutôt *petit* Oliver ?

Il se pencha vers elle, menaçant. Ça lui rappela la manière dont il s'était approché d'elle lors de leur rencontre.

— Qu'est-ce que tu as dit ? Comment tu m'as appelé ?

— Petit Oliver, répéta-t-elle. C'est bien comme ça que votre mère vous appelait, non ?

Elle l'avait déduit de la lettre qu'elle avait lue et des souvenirs auxquels elle avait assisté. Le mari de la sorcière, Oliver, était bien mort. Cet Oliver-là était l'enfant châtain qu'elle avait vu dans les souvenirs, le fils aîné, celui qui avait été prénommé d'après son père. Il avait vieilli, alors qu'Edmond et la sorcière n'avaient pas pris une ride, mais c'était le même garçon. Elle en était certaine.

— Comment le sais-tu ?

Il avait l'air à la fois perplexe et furieux. Une autre émotion traversa ses traits. De la honte.

— C'est votre mère, poursuivit-elle. À Edmond et vous. N'est-ce pas ?

Il ne répondit pas. Il se dégonfla. Son corps s'affaissa. Il gagna le bord du lit et s'assit, voûté, les coudes sur les genoux.

— Oui, avoua-t-il. Edmond est mon frère.

Pendant un instant, Holly eut presque de la peine pour lui.

— Qu'est-ce qui s'est passé ? Quel est cet endroit ? Pourquoi vous m'avez amenée ici ?

— Pourquoi ? répéta Oliver avec un rire amer. Parce que je suis responsable de la mort d'Edmond. Et je n'ai jamais cessé d'en payer le prix.

Il se leva et s'approcha de la cruche brisée sur le sol. Il s'agenouilla.

— Ma mère a essayé de le ramener à la vie, expliqua-t-il. Mais elle a échoué. On s'est retrouvés piégés dans le temps. Comme dans un souvenir. Le dernier souvenir d'Edmond. (Il secoua la tête et esquissa un sourire triste.) C'est son jeu préféré. Cache-cache.

— Mais pourquoi nous enlever ?

Holly avait besoin de savoir. Elle voulait savoir pourquoi elle avait des frères aînés dont elle ne se souvenait pas, pourquoi elle ne reverrait probablement jamais ses parents et pourquoi sa vie tout entière avait été chamboulée.

— Parce que j'avais promis à Edmond que je jouerais avec lui. C'est ce dont il se souvient. Je suis condamné à tenir la dernière promesse que je lui ai faite. Encore et encore. Pour l'éternité.

— « Je vais proposer aux autres de nous rejoindre », murmura Holly.

Il opina.

— Edmond ne vieillit pas. Moi si, mais uniquement quand je rentre dans votre monde. Quelques brèves minutes chaque fois…

Oliver caressa le sol du bout du doigt. Il le releva pour le montrer à Holly. Il était couvert de sang, celui de la sorcière quand la cruche avait heurté son front.

— Dis-moi, reprit-il. Comment sais-tu tout ça ? Qu'est-ce qui s'est passé ici ?

— J'ai été attirée dans le brouillard, répondit Holly en faisant un geste vers la fenêtre. Avec votre mère.

Oliver arbora un air sombre.

— Aidez-moi à retrouver mon frère, supplia-t-elle, mais il refusa de croiser son regard. Je vous en prie, aidez-moi.

— Non, refusa l'homme. C'est ton frère, pas le mien.

Il tourna les talons, prêt à quitter la pièce.

— Mais Hector est avec Edmond, insista-t-elle.

Oliver s'immobilisa. Il regarda enfin Holly dans les yeux. Il avait l'air surpris.

— Edmond a dit qu'Hector allait devenir *comme lui*, expliqua-t-elle. Qu'est-ce que ça signifie ?

Oliver eut l'air inquiet.

— Il ne ferait jamais…, commença-t-il avant de secouer rapidement la tête pour chasser la pensée qui lui était venue en tête. Il veut juste un compagnon de jeu.

— Non ! (Holly l'attrapa par le bras pour l'obliger à réagir, à l'aider.) Vous ne comprenez pas ? Ce n'est pas Hector qu'il veut. Il veut quelqu'un qui sera *toujours* là pour jouer avec lui. Il veut un *frère.* C'est *vous* qu'il veut !

Oliver secoua la tête.

— Non, ce n'est pas moi. (Il tourna le dos à Holly.) Il veut ce que j'aurais dû être.

— S'il vous plaît…

— Va sauver ton frère si tu le peux. (Il gagna la fenêtre et regarda dehors.) Je ne peux pas sauver le mien.

Holly se dirigea vers la porte. Ce n'était pas la peine d'insister. Il ne l'aiderait pas.

Elle descendit l'escalier en courant. La maison était silencieuse, mais elle entendait le pépiement lointain des oiseaux et le murmure des feuilles dans le vent – les sons subtils de l'extérieur. Une porte était ouverte quelque part. Elle la trouva juste derrière l'escalier : elle menait au jardin.

Holly eut l'impression de pénétrer dans des ruines anciennes. Elle avait vu le même jardin dans le souvenir de la sorcière, soigné et bien entretenu. À présent, des herbes folles l'avaient envahi. Les haies étaient démesurées.

Au centre s'élevait la fontaine. Une fille aux cheveux arc-en-ciel était assise sur le rebord.

— Petunia ! cria Holly en courant vers elle.

Cette dernière leva la tête et ses traits s'éclairèrent. Elle sauta à bas de la margelle et étreignit farouchement son amie.

— Holly ! Tu vas bien !

— Où est George ? Et est-ce que tu as vu Hector ?

— George… ne s'en est pas sorti. (Petunia jeta un coup d'œil vers le manoir d'un air triste.) Il m'a sauvée.

Holly se mordit la lèvre. Elle ravala une boule qui montait dans sa gorge. Qu'est-ce qui pouvait bien leur arriver d'autre ? Qu'est-ce que cet endroit terrible leur réservait encore ?

— J'ai vu Oliver, poursuivit Petunia. (Elle désigna la fontaine d'un geste du pouce.) Il a dit qu'Edmond avait raison, que c'était par là qu'on rentrait chez nous. C'est la sortie.

Holly scruta la fontaine. Elle était remplie de brouillard et non d'eau.

— Pourquoi tu es toujours là, alors ? s'enquit Holly. Tu aurais pu partir.

Petunia secoua la tête.

— Non, impossible. (Elle donna une petite tape à Holly.) Pas sans mes amis.

Malgré tout ce qui s'était produit, un petit sourire éclaira le visage de la jeune fille. Elle n'avait pas imaginé à quel point elle avait besoin d'entendre ces mots. Jusqu'à ce que Petunia les prononce.

— *Amis*, répéta-t-elle. J'en ai bien besoin.

Une main pâle émergea soudain du brouillard et s'agrippa au rebord de la fontaine.

— Petunia, murmura Holly en reculant d'un pas. Petunia, va-t'en !

Mais c'était trop tard.

Une tête fit surface. Un visage marmoréen avec des cheveux aussi noirs que la nuit et des yeux rouges tel un soleil mourant. *Elle* se redressa comme si elle s'extirpait des profondeurs de la terre.

Elle posa la main sur la nuque de Petunia. Cette dernière eut juste le temps de paraître surprise avant de se transformer en pierre.

La femme en noir trébucha hors de la fontaine et tomba sur l'herbe. Elle laboura le sol de ses ongles en gémissant. *Elle* attrapa des poignées de terre et se mit à ramper vers Holly.

Celle-ci avait envie de hurler sous l'effet du choc, de la douleur et de la rage, mais le bruit mourut dans sa gorge. C'était inutile. *Elle* n'abandonnerait jamais. La sorcière ne cesserait de la poursuivre. Elle ne s'arrêterait jamais.

— Pourquoi ? finit-elle par demander d'une voix tremblante. Pourquoi faites-vous ça ? Qu'est-ce que vous *voulez* ?

Tu n'es pas lui.

C'était ce que la femme avait dit à Holly quand elles étaient dans son souvenir.

Ce n'est pas nous qu'elle veut, comprit soudain Holly. C'était Edmond. *Elle* voulait *Edmond.*

Et tout d'un coup, Holly sut ce qu'elle devait faire.

34

Holly s'éloigna en courant de la femme et de la fontaine et pénétra dans la forêt. Elle savait ce qu'elle cherchait. Dans le souvenir de la sorcière, elle avait vu le chemin emprunté par Edmond vers la grotte, toutes ces années auparavant.

Elle émergea d'un bosquet et planta un pied dans le ruisseau peu profond. L'eau mouilla sa chaussure. Elle courut dans la crique, éclaboussant autour d'elle.

Elle parvint à la caverne, qui était exactement la même que dans le souvenir, et se rua à l'intérieur.

Elle vit d'abord Edmond. Il était dans la petite mare, de l'eau jusqu'aux chevilles.

Hector était étendu à côté de lui, le visage dans l'eau.

— Hector ! s'écria-t-elle.

Elle courut vers lui et s'agenouilla, l'eau s'infiltrant dans ses vêtements. Elle posa une main sous sa tête pour la sortir de l'eau. Il était pâle. Elle prit son corps mou dans ses bras.

— Non ! pleura-t-elle. Non !

— Ce n'est rien, affirma Edmond. Elle le ramènera. Et on pourra continuer à jouer.

Il était fou. Il pensait vraiment que sa mère allait utiliser son sortilège, sa malédiction, quoi que ce soit, pour ressusciter Hector ?

Alors que son frère était mort.

— C'est quoi ton *problème* ? sanglota Holly.

— Elle va le ramener, affirma de nouveau Edmond.

— Non, elle ne le fera pas. (Holly serra étroitement son frère contre elle.) Elle n'en a rien à faire de lui. Tu ne comprends pas ? Elle ne veut qu'une chose, *toi*.

L'enfant lui lança un regard vide.

La jeune fille avait un grand trou dans la poitrine. Le chagrin la submergeait. Elle se laissa faire.

Elle ferma les yeux. Pour la première fois depuis son arrivée, sa maison cessa de lui manquer. Quel était l'intérêt de rentrer sans Hector ? Ses parents se souviendraient-ils de lui ? Pire encore, l'oublierait-elle aussi ?

Non. Cet endroit l'avait pris. Elle ne le laisserait pas lui voler son souvenir en plus. Pas question de lui céder ça.

Holly évoqua ses souvenirs d'Hector et s'y agrippa aussi farouchement qu'elle se cramponnait à son corps. Elle se rappela son rire contagieux et sa facilité à se faire des amis. Sa manière idiote d'agir avant de réfléchir. Même leurs disputes. Elle s'y raccrocha. Il savait comment la blesser parce que personne au monde ne la connaissait mieux que lui.

Elle le pressa plus fort contre elle. Elle ne le lâcherait jamais. Jamais.

— Aah !

Le corps d'Hector se convulsa.

Holly sentit de l'eau dégouliner dans son dos.

— Holly, fit-il en toussant d'une voix faible et tendue. Holly, tu m'écrases.

Elle rouvrit les yeux. Son frère la regardait, l'air perplexe.

Et vivant.

Elle n'en croyait pas ses yeux. Il allait bien.

— Je suis désolé ! s'exclama-t-il. (Il s'assit, échappant à l'étreinte de sa sœur mais sans lâcher son bras.) Je m'étais juré que si je te revoyais un jour, je te demanderais pardon. Je n'aurais jamais dû dire toutes ces choses, et…

Il ouvrit grand la bouche et écarquilla les yeux. Il avait l'air effrayé.

— Quoi ? demanda Holly. Qu'est-ce qu'il y a ?

Elle sentit alors une main se poser sur sa tête.

Ça se répandit rapidement. Elle sentit son cou se raidir, puis son torse, ses bras et ses jambes. Elle ne pouvait plus bouger ses doigts ni ses orteils. Elle ne sentait plus les vêtements sur sa peau ni son cœur battre dans sa poitrine. Son nez tressaillit une dernière fois puis se figea.

La dernière chose qu'elle vit fut Hector qui tendait la main vers elle. Son visage était choqué et terrifié. La dernière chose qu'elle entendit fut la voix de son frère qui criait son nom. Il allait être tellement triste. Elle ne pouvait pas le laisser dans cet état. Elle devait faire quelque chose, n'importe quoi pour alléger son chagrin.

Elle alla puiser au plus profond d'elle-même une force qu'elle ignorait posséder. Son visage était déjà dur, solide, mais elle lutta quand même. Elle poussa et poussa jusqu'à ce que, pour un bref instant, son cœur soit plus puissant que la pierre. Elle parvint à bouger, juste un peu, juste les coins de sa bouche. Elle espéra que ça suffirait. Elle espéra qu'il comprendrait.

Il était en vie. Elle l'aimait. C'était tout ce qui comptait.

Il y avait d'innombrables statues éparpillées dans le Cache-cache mortel.

Mais une seule souriait.

35

Hector enfouit le visage entre ses mains. Holly était devenue une statue. Et c'était sa faute. Il ne se le pardonnerait jamais. Pire, il savait qu'elle lui avait pardonné. Évidemment. C'était la chose à faire, et sa sœur faisait toujours ce qu'il fallait faire.

Elle s'effondra sur le sol de la grotte. Edmond s'éloigna d'elle. Hector savait qu'il ferait mieux de fuir, qu'*Elle* n'allait pas tarder à se relever et à le transformer à son tour. Mais plus rien n'avait d'importance. Il voulait juste en finir.

— Pourquoi tu m'as amené ici ? cria-t-il à Edmond. Pourquoi Holly ? Ça n'aurait pas dû être elle. Ça aurait dû être *toi*. C'est *ta* faute !

Edmond ne dit rien. Il s'adossa à la paroi de la caverne, l'air perdu.

— Edmond, fit une voix profonde depuis l'entrée de la grotte.

C'était l'homme qui les avait amenés là. Oliver. Il se pencha pour pénétrer dans la caverne et tendit la main vers l'enfant gris.

— Oli, murmura ce dernier. Oli-Oli sans ses bœufs.

— C'est ça, répondit Oliver d'une voix mesurée comme s'il essayait de le tranquilliser. Viens avec moi. Elle ne va pas tarder à se relever.

— Non, intervint Hector. (Il se plaça entre Oliver et Edmond.) Laissez-la faire. Il le mérite !

Des larmes coulèrent sur les joues du garçon. Il savait qu'il était en train de vriller, qu'il n'avait pas les idées claires. Il s'en fichait.

Oliver attrapa Hector par les épaules et l'écarta.

— Tu penses que je le permettrais ? demanda-t-il. Après toutes ces années ? Tu crois que je veux le perdre *de nouveau ?* (Le visage d'Oliver commença à s'échauffer sous l'effet de la colère.) Comment crois-tu qu'il ait survécu aussi longtemps ? C'est *moi* qui le protège. C'est *moi* qui le suis. C'est *moi* qui *L'*éloigne de lui.

— Je m'en fiche ! hurla Hector. Je veux ma sœur !

— ET MOI JE VEUX MON FRÈRE !

Les yeux d'Oliver se remplirent de larmes. Sa voix pleine de rage trembla, laissant percer de l'angoisse.

— Oli ?

Edmond s'approcha de son frère. Il glissa sa petite main dans la grande paume d'Oliver.

Elle était toujours à terre. Ses yeux rouges étaient rivés sur Edmond et Oliver. Elle se tortilla en avant, luttant pour les atteindre.

— J'ai peur, avoua le garçon gris, mais je pense que je peux le faire.

— Faire quoi ? demanda Oliver. De quoi tu parles ?

— Je peux m'approcher d'elle.

— Non. (L'homme s'agenouilla.) Tu peux jouer encore. C'est ce que tu veux, pas vrai ?

— Je le pensais, répondit Edmond en regardant tour à tour la statue d'Holly et la femme en noir. Mais maintenant je crois… qu'elle a besoin de moi.

— Je ne sais pas ce qui se passera si je la laisse t'attraper. Peut-être que tu ne reviendras pas.

— Et si tu venais avec moi ? suggéra Edmond. Tu veux bien ? Tu veux bien venir ? Tu pourras choisir ton jeu. (Un sourire plein d'espoir étira ses lèvres.) Je te le *promets.*

Oliver ferma les yeux. Il prit une profonde inspiration qui fit gonfler sa poitrine. Puis il soupira.

— Bien sûr, répondit-il. Allons-y. Tous les deux.

Edmond et Oliver avancèrent main dans la main vers la femme en noir. Elle se redressa sur les genoux. Elle ouvrit les bras et les étreignit.

L'homme se transforma en pierre en premier, ses cheveux se solidifièrent en boucles serrées. Puis ce fut le tour d'Edmond, les yeux fermés, l'air apaisé.

Et enfin vint celui de la femme en noir. L'obscurité la quitta comme une encre qui coule, dévoilant une robe du blanc le plus pur. La lueur rouge de ses yeux s'affaiblit et disparut, révélant des prunelles humaines submergées par le soulagement.

La pierre grise couvrit d'abord ses pieds puis remonta, le long de ses jambes, sa taille. Elle serrait étroitement ses enfants contre elle lorsque ses bras se raidirent. Elle inclina la tête, ses enfants à jamais dans les bras.

Hector était tout seul. Il entendait les bruits des créatures de la forêt au-dehors, le vent qui agitait les arbres.

Il était le dernier survivant. Il n'avait aucune idée de ce qu'il était censé faire.

Que ferait Holly ? Il se demanda depuis combien de temps il se posait cette question. Probablement depuis toujours. Sa sœur retrouverait le chemin de la maison. Elle n'abandonnerait jamais. Voilà ce qu'elle ferait.

Hector essaierait. Il chercherait la sortie. Mais avant, il devait faire une dernière chose.

Il revint dans l'eau et prit la main de sa sœur. Ses doigts étaient rugueux et pétrifiés, mais pourtant étrangement tièdes. Il y avait tant de choses qu'il voulait lui dire, mais les mots ne suffisaient pas. Il ne pouvait pas exprimer tout ce qu'il ressentait, à quel point elle lui manquait et tout ce qu'il regrettait.

— Au revoir, Holly.

Il inclina la tête contre la sienne et lui pressa la main une dernière fois.

Elle la serra en retour.

Leurs mains se joignirent et leurs doigts s'entrelacèrent. La couleur et la vie revinrent dans le corps d'Holly, se répandant comme la lumière du soleil au-dessus de l'horizon. La dernière trace de gris disparut rapidement.

Mais son petit sourire ne s'effaça pas. Une étincelle de joie avait pris racine au plus profond d'elle-même et ne disparaîtrait jamais.

— Hé, dit-elle. Rentrons à la maison.

36

Holly entraîna Hector hors de la grotte. Le sol était humide. Le soleil brillait mais une petite bruine tombait. Des gouttes de pluie perlaient de l'extrémité des feuilles avant de s'écraser doucement sur l'herbe.

Ils traversèrent la forêt. Lorsqu'ils parvinrent à la lisière du jardin, une fille courut vers eux, ses cheveux bleu et rose scintillant au soleil.

— Holly ! Hector !

Petunia les serra si fort contre elle qu'ils roulèrent tous à terre.

— Petunia ! s'exclama Holly. Tu vas bien ?

Elle sourit en hochant la tête.

Quelqu'un sortit par la porte arrière du manoir. C'était George.

— George ! appela Holly.

Il les aperçut et agita la main. Ils coururent les uns vers les autres et se rejoignirent à la fontaine.

— Qu'est-ce qui s'est passé ? demanda George. Pourquoi je ne suis plus une statue ?

— Pour résumer, répondit Holly en souriant, *Elle* a trouvé ce qu'elle cherchait.

Ils plongèrent les yeux dans la fontaine. Le brouillard était de plus en plus agité, il tournoyait comme dans un mixeur.

Puis il s'éleva. Il tourbillonna autour de la fontaine, pareil à un cyclone. Il grossit et s'étala de plus en plus.

— Que se passe-t-il ? s'alarma Hector en reculant.

— Tout va bien, le rassura Holly en lui prenant la main.

Le brouillard s'étendit encore et les enveloppa. La fontaine, les haies, même le manoir, tout devint flou et tremblotant comme un mirage. Ce qui était devant eux commença à se dissiper, à dériver morceau par morceau.

— C'était comment ? voulut savoir Hector.

Il était obligé de hausser la voix pour se faire entendre par-dessus le vent.

— Quoi ? interrogea Holly.

— D'être une statue !

— Oh. Comme rien. Comme dormir. Pourquoi tu veux savoir ça ?

Il haussa les épaules.

— Je me demandais. Tu te rends compte que je suis le seul qui n'a pas été pris. Tu sais ce que ça veut dire, pas vrai ?

— Non, reconnut sa sœur. Ça veut dire quoi ?

Hector sourit.

— Que j'ai gagné.

Ils éclatèrent de rire.

Le brouillard emplit le champ de vision d'Holly jusqu'à ce qu'elle ne distingue rien d'autre. Elle avait l'impression d'être piégée dans l'œil du cyclone. Des images tourbillonnèrent devant ses yeux. Pendant un instant, elle crut voir la forêt. C'était flou, comme un souvenir ou un rêve. Trois silhouettes couraient au milieu des arbres. Une mère aux cheveux sombres et au rire cristallin. Deux petits garçons, un blond et un châtain. Ils jouaient, tous leurs soucis envolés, perdus dans leur monde.

ÉPILOGUE

— Vous voulez vraiment jouer à ça ? (Maman brandit la boîte du jeu de société.) Au *Memory* ?

Marco ricana.

— C'est une *private joke* entre nous. Mais oui, jouons.

Ils étaient installés autour de la table basse dans le salon. Max avait plongé une main dans le sachet de chips. Hector dessinait sur une feuille pour tuer le temps avant le jeu. Papa terminait la vaisselle dans la cuisine.

— C'est moi qui commence ! s'écria leur père depuis l'évier. C'est toujours au plus vieux de commencer !

Le téléphone d'Holly vibra. Un texto était arrivé dans le groupe.

Petunia : On se fait un film ?

Holly répondit aussitôt.

Holly : Pas ce soir. Soirée en famille.

George : Ne laisse pas Hector tricher !

Petunia : Amusez-vous bien ! Et demain ?
Tout le monde est partant ?

Holly : Oui !

George : Viens avec tes frères !

— Holly, dit maman. Pose ton téléphone. Tu pourras discuter avec tes amis plus tard.

La jeune fille rangea son portable dans sa poche. Papa entra et s'assit sur le sol. Maman ouvrit la boîte et commença à tout préparer.

Hector se poussa pour faire de la place à Holly. Elle observa son dessin. C'était une moitié d'objet. Peut-être une jambe. Peut-être l'aile d'un avion.

— Qu'est-ce que tu dessines ? demanda-t-elle.

— Je ne sais pas encore, répondit-il. À toi !

Il lui tendit le crayon. Elle sourit et s'en empara.

C'était toujours son jeu préféré.

FIN

Remerciements

Le voyage nécessaire pour que ce roman sorte de sa cachette a été l'une des expériences les plus enrichissantes et les plus gratifiantes qu'un écrivain puisse vivre et il n'aurait jamais été possible sans le talent, les conseils, le soutien et l'amour d'un merveilleux groupe de personnes.

Des remerciements à foison à Jen Klonsky et toute l'équipe de Putnam, et surtout à ma brillante éditrice, Stephanie Pitts, qui a toujours cru en moi et en ce livre et qui a tout fait pour que je donne le meilleur. D'immenses mercis à Matt Phipps et au graphiste Pete Lloyd pour son travail extraordinaire.

Je remercie infiniment Sara Shandler, Joelle Hobeika et Josh Banks pour m'avoir donné une chance, encouragé et soutenu, et Les Morgenstein et tous ceux chez Alloy qui ont travaillé dur pour que ce roman voie le jour.

Rien ne serait arrivé sans le super-héros de la vraie vie qu'est David Yoon. Merci de m'avoir accompagné à toutes les étapes. Merci aussi à Nicola Yoon qui m'a dit « Fais-en un livre, idiot ! » (elle avait raison sur tous les points) et à tous mes amis et à ma famille qui ont lu les premiers jets avec bienveillance.

Merci maman et papa, pour n'avoir jamais douté de moi et pour m'avoir acheté tous les livres que je réclamais, enfant. Merci à mes frères, Aaron et David, d'avoir mis de la magie dans nos jeux.

Merci à mon oncle Rick Giusti pour les livres qui m'ont donné envie d'écrire. Merci à Nick Almaraz d'avoir écouté toutes mes idées.

À Lucia et Tommy, merci pour la joie et l'inspiration quotidiennes. Et à Jessica – t'avoir à mes côtés, année après année, version après version, a été et sera toujours la meilleure partie du processus. Il me tarde de partager avec toi ce qui va suivre.

Retrouve
d'autres aventures palpitantes
aux Éditions Auzou

Composition et mise en pages
Nord Compo à Villeneuve-d'Ascq